FOYER-ROMANS

- Direction et -
- Administration -
HIRT ET Cie
53, Rue des Moissons
- REIMS - -

1.50

- Abonnement -
- - UN AN - -
- 24 numéros -
- France 34 Fr. -
C C Paris 409 74

E. BIRON

JUANA

REIMS
HIRT & Cie, Éditeurs
53, Rue des Moissons

-- JUANA --

par ***E. BIRON***

I

Edmond n'avait que quelques mois lorsqu'un stupide accident d'automobile, au retour d'une excursion de plaisir dans les Maures, lui ravit brutalement sa mère.

Veuf après deux ans à peine de mariage, le comte de Nurène frappé au cœur, désemparé, tomba dans une mélancolie profonde.

Le foyer « avait perdu son âme » ; la figure aimée s'était pour jamais évanouie, et les objets familiers les coins de prédilection de la défunte, l'allée de mimosas où elle faisait à son bras les douces promenades, la terrasse fleurie de géraniums d'où, la main dans la main, ils contemplaient dans la brume rosée du matin ou aux lueurs dorées du couchant, l'harmonieuse rade de Bormes, La Fourmi noyée sous les embruns, les Iles d'Or et au-delà, bien loin à l'horizon, l'infini de la mer rejoignant l'infini du ciel, tout ce qui lui parlait d'elle, tout ce qui lui souriait quand ils étaient deux, en était venu à l'impressionner si douloureusement qu'il n'eut plus qu'une pensée : fuir son beau châlet du Lavandou.

Il n'avait même pas, pour adoucir son affliction, les caresses de son petit Edmond. Le baby avait été confié à son aïeule maternelle qui habitait Cannes et l'y avait emmené, peu soucieuse de quitter, à son grand âge, sa maison, ses habitudes et la ville où elle avait vécu tant d'heureuses années, où elle avait versé tant de larmes aussi.

Mme Desminières descendait d'une très ancienne famille aristocratique de Provence. Un de ses ancêtres, le baron de Valmerive, s'était distingué par un beau geste de patriotisme au temps de François Ier. Son château de Bormes avec ses quatre tours et sa ceinture de remparts sur son piédestal rocheux, couronnait une colline hirsute piquetée d'agaves et de cyprès, d'où il dominait toute la fertile région qui s'étend de la forêt du Dom à la mer. Lors de l'invasion du pays par l'armée de Charles-Quint, il n'hésita pas à dévaster ses terres, à détruire les approvisionnements de ses greniers, donnant ainsi un bel exemple qui, on le sait, se généralisa et contraignit à la retraite l'ennemi affamé. Il avait servi dans la suite sous les ordres de Montmorency et pris une part glorieuse à divers combats.

Les seigneurs de Bormes furent tous des guerriers. Le dernier du nom, brillant officier de cavalerie, reçut les étoiles au lendemain de 1870.

Le château fut, comme tant d'autres, saccagé à l'époque de la Révolution. Il en subsiste d'imposantes ruines dont la grise silhouette se découpe, majestueuse, sur le ciel rayonnant d'azur. Quant au domaine, il fut morcelé et n'en demeura pas moins considérable autour du châlet et bien loin vers les Maures.

Le général de Valmerive n'eut qu'un enfant, une fille qu'il maria peu avant sa mort à un riche propriétaire foncier de Cannes, moins séduit par la belle dot que par la distinction et la grâce de la jeune héritière...

Mme Desminières était veuve, et son visage au charme grave, auréolé de cheveux blancs et creusé de rides, témoignait de cruelles souffrances semées au chemin de sa vie :

Ses deux fils avaient été tués au cours de la grande Guerre, et Dieu, peu de temps après, avait rappelé à Lui son époux. Il ne lui était plus resté qu'une fille : elle devait périr en pleine jeunesse, en plein bonheur, broyée sous sa limousine.

Sans son ardente piété, sans son inaltérable confiance en Celui qui dispose des douleurs comme des joies d'ici-bas, elle eût succombé à d'aussi rudes épreuves. Elle vivait triste mais admirable de résignation chrétienne, entourée des souvenirs de ses chers disparus.

L'arrivée de l'enfant illumina comme d'un rayon la solitude de sa retraite, et une détente inespérée ranima sa languissante existence. Toute sa tendresse attentive alla au bien-aimé petit être. Elle le choya sans cependant — à l'imitation de trop de grand'mères — exagérer ses gâteries, et prit particulièrement à cœur son éducation, car elle devait le garder longtemps près d'elle.

M. de Nurène était ingénieur.

Il reçut un matin d'un camarade de l'Ecole Centrale, grand industriel à Paris, une offre inattendue... celle d'aller construire au Brésil, dans la banlieue de Rio-de-Janeiro, un vaste réseau ferré dont une Société française venait d'obtenir la concession.

D'aucuns s'attachent au lieu où ils souffrent, se plaisant, si l'on peut ainsi dire, à se saturer de leur chagrin. Nous savons que le comte n'était pas de ceux-là, qu'il ne songeait qu'à se soustraire à l'ambiance de son malheur.

Il ne pouvait trouver plus opportune diversion à

sa déprimante inactivité, que cette situation moins séduisante à ses yeux par les avantages pécuniaires que par la perspective du mouvement et de l'intéressant travail qu'elle lui promettait. Aussi bien l'avait-il acceptée sans longue hésitation.

Le temps de régler quelques affaires importantes — celle notamment de la gestion des biens considérables dont le petit Edmond avait hérité de sa mère — et confiant à son fidèle et dévoué serviteur Pascal la garde du chalet, il quitta, le cœur étreint, la chère demeure.

Le jour venait de se lever, radieux. La nature — ô indifférence des choses ! — avait voulu sourire à son départ. Mais, à peine maître de son émotion, insensible à l'éclat des parterres encore humides de la rosée de l'aube et aux bouffées de parfums que lui envoyait la brise passante, il traversa d'un pas rapide le jardin et ne s'arrêta qu'à la grille.

Se retournant alors vers le charmant cottage, il l'enveloppa d'un long regard comme s'il avait voulu embrasser toutes les images de son court bonheur, puis brusquement, impressionné jusqu'aux larmes, il se jeta dans sa limousine et s'éloigna.

D'une traite, il se rendit à Cannes, dévorant l'espace au milieu des sites merveilleux tant de fois parcourus en compagnie de sa chère femme.

La route est longue, mais sans lacets dangereux, très large, unie comme un miroir et si admirablement entretenue qu'il put, sans risque « faire de la vitesse » et arriva bien avant l'heure du déjeuner à la villa de sa belle-mère.

Celle-ci l'attendait au jardin avec le petit Edmond qui, sans vouloir être tenu par la main, essayait ses premiers pas dans les allées sablées, titubant, tombant, se relevant et repartant avec de petits cris de joie, heureux et comme triomphant de montrer à grand'mère qu'on pouvait maintenant se passer de son aide.

Quand il vit poindre son père, il lui sourit, alla gentiment à lui, se laissa un moment caresser, puis reprit sa marche indécise, tandis que Mme Desminières et son gendre, le suivant des yeux avec amour, s'entretenaient de ses rapides progrès :

— Mon souvenir ne s'effacera pas moins très vite de sa mémoire d'enfant, remarqua tout haut et mélancoliquement le comte... à mon retour, il ne me reconnaîtra pas...

— On lui parlera de vous souvent, mon ami, et vous ne serez oublié, non plus que sa mère, dans sa petite prière du matin et du soir, lui assura sa belle-mère avec affection.

Jamais ne s'était élevé entre eux le moindre nuage, et ils avaient toujours le plus grand plaisir à se retrouver ; mais il ne put lui consacrer cette fois que quelques heures, étant appelé d'urgence à Paris.

... Huit jours après, muni des instructions de ses commettants, il partait s'embarquer à Lisbonne.

Le Français, il faut bien le reconnaître, a en général de la navigation une crainte qui tient de l'idée fixe... et d'une idée fausse. Nos terriens en ont tant lu sur les méfaits de l'Océan qu'ils ne conçoivent pas une traversée sans bourrasques. Le mauvais temps est cependant l'exception... et nos grands navires sont aujourd'hui si confortables et si sûrs !

Certains parages n'en sont pas moins réputés pour leur inclémence. Tel le Golfe de Gascogne. Le comte a-t-il redouté de l'affronter ? Toujours est-il qu'il décida de rejoindre à l'escale portugaise, au lieu de l'aller prendre à Bordeaux, le paquebot du Brésil.

Il y précéda de vingt-quatre heures le transatlantique et en profita pour visiter de la belle cité... ce qu'il lui fut possible, ne disposant que d'un temps bien limité.

Il la parcourut à pied, en auto, en tramway, voire en des funiculaires qui vous transportent à des points culminants d'où on l'embrasse toute, déployant dans ses courses rapides comme une ardeur fébrile qui l'étonna lui-même. A vrai dire, il avait voulu secouer par la fatigue du corps les obsessions de son cœur meurtri.

Le lendemain, il prenait passage sur le paquebot.

La descente du Tage est toujours paisible, et il s'en réjouit. Sur la rive droite du fleuve s'offraient aux regards, des perspectives aux coloris prestigieux. Tour à tour, se découvrirent les palais d'Adjudal et des Necessitades, la Cathédrale, les dômes des Hiéronymos et des églises de la ville ; puis, plus près, la Tour de Belem au style mauresque si remarquable, et enfin, les délicieux cottages de Cascaës — le Trouville des Portugais — épars sur la berge ou à flanc de coteau parmi les bosquets de camélias et de rhododendrons.

... On est à l'estuaire... et bientôt en route, le cap vers la haute mer.

...Déjà, on est loin de terre et sans plus de distractions que le spectacle des vagues se brisant sur l'étrave et fuyant écumeuses le long du steamer.

C'est la première fois que le comte se trouve en plein Océan et sur l'une des unités les plus rapides de nos flottes de commerce.

Il est d'abord quelque peu désorienté ; mais il a tôt fait de prendre le pied marin. Il s'intéresse alors à la vie du bord, et son esprit observateur et sérieux que ne sollicitent guère le luxe peut-être excessif et les attractions de son « hôtel flottant », s'attache aux choses de la navigation et plus particulièrement aux machines dont ses connaissances techniques lui permettent de suivre avec admiration la marche intensive.

Il se tient à l'écart, autant que possible, des groupes sympathiques qui, en mer, se forment si promptement. Il est taciturne et la monotonie de la traversée ajoute à sa mélancolie.

Mais, si sauvage que l'on soit ou qu'on veuille se montrer, il est difficile, entre les étroites murailles d'un navire, dans les longues randonnées surtout, de complètement s'isoler. On a bien toujours un ou deux compagnons de cabine. A la salle de lecture, au fumoir, à se coudoyer constamment, on finit par échanger quelques propos, fussent-ils banals. Aux repas, on voisine avec d'autres convives. Aussi bien, tout en veillant à ne pas étendre ses relations et en se cantonnant dans une bienveillante réserve, avait-il été inévitablement entraîné à subir quelques connaissances.

C'est ainsi qu'un homme jeune et d'élégante tournure, embarqué comme lui à Lisbonne, et sa femme, toute gracieuse et fort jolie personne, étaient venus s'asseoir, au déjeuner, à la petite table où il avait pris place.

M. Lannunez, banquier à Rio-de-Janeiro et Madame, rentraient d'un tour d'Europe de plusieurs mois. Ils étaient dans le ravissement et ne cessaient d'évoquer leurs vives impressions. Le comte les écoutait d'une oreille complaisante, avec une attention polie, souriante même ; mais nullement enclin, par nature, à se livrer, il se montrait peu locace.

On savait bien qu'il était ingénieur ; mais quelles affaires l'appelaient au Brésil ? Mme Lannunez n'eût pas été fille d'Eve si l'attitude énigmatique et distante de M. de Nurène n'avait piqué sa curiosité.

Quelque finesse cependant qu'elle déployât, même secondée par son mari qui avait tout de suite flairé de fructueuses opérations pour sa maison, leur voisin s'était borné à d'évasives réponses, non qu'il tînt sa mission pour secrète, mais il savait s'exposer, en la précisant, aux questions importunes et peut-être à des interwiews de reporters passagers... et il avait horreur de se voir mettre en vedette.

... La navigation, entre temps, se poursuivait sans incident, contrariée seulement toute une après-midi par une brume compacte.

La brume ! il n'est pas en mer d'ennemie plus traîtresse. On peut lutter contre les flots en fureur. Que devant vous se dressent leurs monstrueuses colonnes, prêtes à vous écraser, à vous engloutir ? on les voit venir, on déjoue leurs menaces... Mais qu'un voile sombre, épais vous enveloppe ? on marche à l'aveuglette ; et qu'un navire traverse votre route ? on s'aborde... on peut du moins s'aborder, car à considérer le nombre infini des bâtiments qui sillonnent les océans, pareille catastrophe n'est pas si fréquente, Dieu merci ! On s'attache, il est vrai, par tous les moyens à la conjurer : diminution de la vitesse ; veille ininterrompue, intense ; coups de sifflets prolongés...

... Oh ! ces coups de sifflets ! au milieu de cette dangereuse obscurité ! rien, au cours de mes traversées, racontait plus tard le comte à son fils, ne m'a plus impressionné.

Cinq jours se passent, et on arrive à la nuit tombante devant Dakar.

Encore une demi-heure de marche sous un ciel orfévré d'or, puis retentit la sirène... on mouille sur la rade toute scintillante de paillettes.

Le navire, en un instant, se trouve entouré d'embarcations chargées de parents ou d'amis, et de pirogues de mercantis montées par des noirs.

On a bien licence de se rendre à terre ; mais à peine descendent quelques groupes. Le comte ne se soucie guère d'aller s'asseoir à la terrasse d'un café, dans une ville où il ne connaît personne et qu'il ne lui serait même pas loisible de visiter le lendemain, le paquebot devant en relever dès l'aube.

Il demeure à bord. Mollement balancé dans son rocking-chair, en un endroit déserté du pont, il s'abandonne un long moment à la délicieuse fraîcheur du soir, puis il se dirige vers l'échelle des cabines et va demander au sommeil le repos et l'oubli.

Après une nuit des plus calmes, on lève l'ancre et on se lance en plein Atlantique.

On fait bonne route ; mais pas un voilier, pas un vapeur en vue...

Un soir enfin, aux approches de l'Equateur, on aperçoit comme des lueurs d'incendie et de la fumée au loin, sur la mer :

— Un steamer en feu ! s'écrient les passagers vivement émus.

Un matelot les entend et aussitôt les rassure :

— Ce sont les vitres de son rouf qui flamboient au soleil couchant.

Mais peu à peu, l'embrasement pâlit sous la douceur exquise du crépuscule et la silhouette du navire se découpe sur la brume violette qui grandit à l'horizon pour disparaître à son tour devant l'ombre imminente.

Bientôt après, on « passait la ligne ».

Allait-on sacrifier à l'antique coutume ? organiser quelque fête travestie ou un excentrique cortège de Neptune et d'Amphitrite flanqués des personnages de leur cour, ou toute autre manifestation d'hilarité bruyante suivie de l'inévitable baptême ? Non. Seulement des seaux d'eau jetés par surprise du haut de la passerelle sur la tête de deux ou trois jeunes marins et... finita la comœdia. C'est là encore une de ces traditions qu'avec regret on voit de jour en jour se perdre.

... Enfin, on a pris contact avec la terre brésilienne, et par une matinée radieusement ensoleillée, on entre en baie de Rio-de-Janeiro, baie enchanteresse s'il en fut.

Comme tous ses compagnons de voyage, l'ingénieur est saisi d'admiration devant la magnificence du site : autour de lui, des îlots à silhouettes étranges, bouquets de verdure féerique ; là-bas, au loin, dentelant l'azur du ciel, le Corcovado, la chaîne des Orgues, le Pain-de-Sucre à la pointe si curieuse, et enserrée entre ses pittoresques collines et la mer, la grande et coquette cité qu'éventent les palmiers-géants... le tout dans une débauche de lumière bleue.

Jamais spectacle ne l'avait à ce point captivé. Il fallut, pour l'y arracher, les appels stridents des « lanchas » à vapeur qui, en rangs serrés, le long des « coupées », attendaient qu'on permît d'accoster.

Il se décide alors à rentrer ses jumelles, descend à sa chambre, réunit ses bagages et quitte le navire.

II

Le comte s'installa dans un bel immeuble de la rue Ouvedo, une des artères les plus commerçantes et les plus animées de Rio, et entreprit ses démarches sans tarder, car il ne pouvait plus se permettre de s'isoler comme à bord du transatlantique.

Ses occupations techniques absorbèrent dès lors toute son activité. Mais lorsqu'après ses tournées sur les voies en construction ou aux divers chantiers, il rentrait dans son appartement solitaire, Dieu sait comme sa nature aimante et avide d'expansion familiale en souffrait !

Le Temps, cependant — le « grand guérisseur » — accomplissait son œuvre bienfaisante.

Sa situation l'avait mis en contact avec la haute société de la ville, et peu à peu et plus rapidement peut-être qu'il ne l'eût souhaité, le nombre de ses relations s'était accru... accru au point qu'il ne put bientôt plus se soustraire au despotique usage mondain des visites.

C'est ainsi qu'il se rencontra une après-midi, dans un salon, avec Mme Lannunez.

Une chaise était libre à ses côtés ; il y prit place. La jeune femme l'accueillit avec le sourire qu'il se rappelait bien, en ayant éprouvé, comme tous ceux qui l'approchaient, le charme singulier.

— Quelle surprise, Monsieur...

— De voir se civiliser « le sauvage... ? » J'achève votre pensée, Madame. Que voulez-vous !... Les exigences de ma mission...

— J'ai appris en effet que vous alliez nous doter d'un réseau ferré. Nous en attendons avec d'autant plus d'impatience la réalisation qu'il desservira notre villa.

— Il ne faudrait cependant pas y compter de si tôt. Les travaux n'avancent pas au gré de mes prévisions.

— Ce qui prolongera votre séjour à Rio... à votre grand regret...

— A mon grand regret ? non, Madame. Votre prestigieux Brésil et ses habitants très gracieux savent si bien séduire... et retenir les étrangers !

— Toujours les mêmes, les Français ! Toujours des compliments aux lèvres...

— Avec, au cœur, Madame, une sympathie profonde et fidèle pour votre cher pays.

La conversation se fit à ce moment générale, « touche-à-tout », et une dame ayant lancé la nouvelle qui allait se donner au profit d'œuvres charitables une kermesse au jardin botanique :

— Connaissez-vous ce petit Éden ? demanda Mme Lannunez à son voisin.

— Oui, et j'ai moins admiré les altières colonnes de ses palmiers et le fantastique enchevêtrement de ses beaux arbres que la voûte sans fin des énormes bambous sous lesquels se concentrera vraisemblablement la petite fête. On ne saurait trouver de cadre plus merveilleux... Avec tout le Rio élégant vous irez sans doute, madame, y faire un tour ?

— Je ne le pense pas, fit-elle, un pli d'amertume aux lèvres et d'une voix sombre qui frappa le comte.

La question pourtant était presque banale... aurait-elle été indiscrète ?...

Il est de petites souffrances qu'on laisse à la porte des salons et qui vous reprennent à la sortie. Il en est de plus âpres qui vous y suivent et que l'orgueilleuse crainte de se faire plaindre ou malencontreusement questionner cache sous des sourires, mais qui parfois, quelque maîtrise qu'on ait de soi, transparaissent sur les traits ou dans une inflexion de voix. Ainsi avait failli se trahir Mme Lannunez.

L'ingénieur avait en effet remarqué que la jeune femme, depuis un moment, semblait être sous une influence nerveuse ; mais cette impression d'ailleurs assez vague, avait à peine retenu son attention.

Il était en tout cas à cent lieues de se douter, en quittant quelques minutes après sa charmante interlocutrice, qu'il allait la revoir bientôt dans des circonstances particulièrement tragiques.

Au flanc d'une colline à pente très douce de la banlieue de Rio se détachent, étincelantes de blancheur, sur la sombre émeraude des bois, de superbes villas.

Celle des Lannunez, avec ses tourelles qui lui donnaient un air de gentilhommière, s'encadrait d'un vaste parc au-delà et non loin duquel passait la nouvelle voie ferrée. Une tranchée profonde venait d'y être pratiquée, et M. de Nurène en inspectait les travaux lorsqu'il entendit un cri d'effroi et vit rouler un homme dans l'excavation béante.

Il se précipita vers le malheureux et recula de surprise :

— Le banquier !... Vite, commanda-t-il, très ému, au contre-maître, courez prévenir Mme Lannunez de l'affreux accident.

La victime respirait encore, les yeux à peine entr'ouverts. Mais presque aussitôt, sans avoir prononcé une parole, elle tombait dans un état comateux des plus alarmants.

D'une large fracture du front s'échappait du sang en abondance. Le comte l'étancha de son mieux, et de l'eau d'une petite source toute proche baigna le visage livide.

Des ouvriers, cependant, s'étaient élancés dans le bois en quête de branchages. On improvisa une civière, on y étendit le blessé, puis avec d'infinies précautions, lentement, on se mit en marche.

Parvenu à la villa, le triste cortège s'apprêtait à en gravir le perron quand parut tout-à-coup Mme Lannunez que l'Ingénieur croyait prostrée dans ses appartements.

Il la vit chanceler... mais ce ne fut qu'une seconde de vertige. Son extrême pâleur l'impressionna, moins pourtant que son calme émouvant et l'indéfinissable expression de ses yeux d'où ne jaillissait... d'où ne semblait avoir jailli aucune larme.

Il s'approcha pour lui faire le bref récit du fatal événement. Elle l'écouta, silencieuse, comme inconsciente, balbutia un remerciement, puis brusquement s'éloigna vers le vestibule.

De plus en plus surpris et n'osant devant cette étrange attitude y pénétrer à sa suite, il demeura cloué sur place, songeur, et ne se ressaisit qu'en se sentant presque coudoyé par le médecin qu'on était allé quérir et qui accourait en toute hâte.

— Je crains bien que la science ne soit d'un inutile secours, se dit-il.

Et discrètement il se retira.

...Le banquier, un instant après, expirait sans avoir repris connaissance.

III

Juana Torreno était l'unique enfant des fermiers plus qu'aisés des environs de Santos.

Honnêtes travailleurs, ardents, âpres même à la besogne par souci d'entasser milréis (1) sur milréis, ses parents ne l'avaient jamais choyée. Ils ne se donnaient guère le temps de lui prodiguer de ces tendresses qui ouvrent et attachent le cœur du baby.

Toute petite, on la glissait gorgée de lait dans son berceau, et on allait à l'ouvrage. Elle pouvait pleurer, crier de se retrouver seule en s'éveillant ; on ne revenait près d'elle qu'à l'heure de ses repas. Et le soir, rompus de fatigue, le père et la mère, sans s'attarder à ses gentillesses, n'avaient qu'une hâte : la coucher pour se mettre au lit.

Grandette, on la traînait aux champs où après quelques ébats dans le pré ou les guérets en compagnie du bon chien Fido, elle finissait, de lassitude et d'ennui, par s'étendre sur l'herbe ou dans un sillon et parfois s'y endormir.

Dès l'âge de sept ans, on l'envoyait à l'école du village, quelque temps qu'il fit ; c'était à se demander comment elle pouvait résister aux intempéries... Et il ne fallait pas musarder en chemin, ou c'étaient des réprimandes, voire des taloches comme elle en récoltait pour les moindres peccadilles.

Sans être un souffre-douleur, elle était rien moins que doucement traitée. Durs pour eux-mêmes, ses parents l'étaient pour elle tout en l'affectionnant ; mais empêché de s'épanouir, le cœur de l'enfant languissait comme languit sans la rosée bienfaisante la plante délicate égarée en terrain aride.

Une châtelaine des environs, riche et compatissante, avait plus d'une fois remarqué, en se rendant à Santos, cette fillette qui le cartable sous le bras et le minuscule panier du déjeuner à la main, s'en allait seule par les grands chemins, non pas le nez en l'air et la mine éveillée, mais la tête basse, triste.

Etait-ce parce que Juana, blonde comme la fille unique qu'elle venait de perdre, à peu près de même âge et de même taille, lui rappelait la mignonne tant pleurée ? Toujours est-il qu'elle l'avait prise en sympathie, en sympathie d'autant plus vive qu'elle la savait — on le disait du moins dans les campagnes — malheureuse.

Elle l'aperçut un jour qui sanglotait assise sur une borne de la route.

Elle fit arrêter son auto, et allant à la pauvrette :

— Es-tu souffrante, petite ? fit-elle d'une voix très douce invitante à la confiance.

— Non, madame, bégaya Juana en levant sur l'étrangère ses beaux yeux humides. J'ai peur.

— Tu as peur. Tu passes cependant par ici constamment... As-tu fait une fâcheuse rencontre ?

— Ce n'est pas cela, Madame. J'ai peur... d'être battue en arrivant à la ferme. Un cirque passait devant l'école avec sa musique au moment où nous sortions de classe. Je l'ai suivi jusqu'à la place... et je suis bien en retard. Comme je vais être punie !

La châtelaine lui caressa la joue et la consola de son mieux, lui disant qu'elle ne serait sans doute que grondée.

— Oh non ! je serai battue, répéta l'enfant toute tremblante.

— Ecoute-moi... Serais-tu contente d'être en pension à Santos ?

— En pension à Santos !... Mon père jamais n'y consentirait.

— Même si je prenais à ma charge toutes les dépenses ?

— Vous êtes trop bonne, Madame... Peut-être bien, alors.

— En tous cas, je lui en parlerai. Rentre gentiment. Tu lui diras que tu te repens de ton escapade et que je lui demande de te pardonner.

— Soyez bénie, Madame... Je vous obéis tout de suite.

Elle se leva, tamponna ses paupières du coin de son tablier, et saluant « la grande dame », s'éloigna rapidement.

Et l'excellente femme, tout en la suivant du regard, de se dire :

— Pauvre petite ! Son père est, paraît-il, brutal... Il ne me connaît pas... Il refusera... Mais, j'y pense ! Il a des sentiments religieux ; on le voit assister à la messe régulièrement le dimanche... Je prierai notre excellent curé de lui transmettre ma proposition.

La charité n'était pas seulement chez elle une inclination naturelle, comme un besoin de son âme aimante, c'était un devoir de chrétien envers ses semblables.

Elle remonta dans sa voiture et se fit conduire au presbytère.

Le curé était le confident habituel de ses bonnes œuvres. C'était un vieillard déjà, mais de tempérament demeuré robuste, dont le visage éclairé du rayonnement de deux yeux bruns à l'expression franche et bienveillante attirait la sympathie et le respect.

Son activité faisait l'admiration de ses paroissiens. D'un dévouement à toute épreuve, de si loin qu'on l'appelât, il se mettait en route sans souci du temps ; et sa charité le faisait vénérer de ceux mêmes qu'il ne voyait jamais à sa chère petite église.

Il lisait son bréviaire dans l'allée fleurie de son jardin lorsqu'il entendit résonner la cloche du portail. Il se porta vivement au-devant de la visiteuse :

— Quelle généreuse pensée encore vous amène, chère Madame ?

Elle lui fit part de ses intentions.

— Vous semblez douter que les Torreno acceptent ? dit-elle en voyant poindre sur les lèvres du prêtre un énigmatique sourire.

— Mais non, Madame, mais non.

Une réflexion lui était venue que son caractère sacerdotal autant que sa grande bonté l'avait retenu d'exprimer : « Ces fermiers ne songent qu'à l'argent... ils n'auront rien à dépenser pour leur fille ; ils accepteront ».

Et toujours pour lui seul il avait ajouté :

— Oh ! l'intérêt ! l'intérêt !... il sera cette fois du moins au service du bien.

Puis, tout haut :

— Je me rendrai dès demain, Madame, auprès des parents de la petite Juana.

....

— Bonjour, Monsieur le Curé. Donnez-vous la peine d'entrer.

— Vous preniez votre petit déjeuner— Je vous dérange ?

— Pas du tout. Asseyez-vous donc, je vous prie... Paix ! Fido... Cette bête est vraiment insupportable.

Le chien qui connaissait bien le prêtre, l'enfermait dans un cercle de bonds et de jappements joyeux.

Le vieillard le caressa de la main, prit un siège, et s'informa de la fillette :

— Elle vient de partir pour l'école, répondit la mère.

— Il pleut ; le vent souffle avec assez de violence et nous sommes dans la saison fraîche. Ne craignez-vous pas pour sa santé de l'envoyer si loin par des temps pareils ?

— Il le faut bien... nous ne pouvons pourtant pas la mettre au couvent.

— Pourquoi pas ?

L'homme et la femme se regardèrent, surpris.

— Il y a une dame qui se chargerait de son éducation.

— Qui se chargerait ?... balbutièrent-ils à la fois, interloqués.

— De son éducation, oui. Il s'agit de la châtelaine de Baldeira. Vous savez qu'elle jouit d'une grande fortune et qu'ayant perdu tous les siens, chrétienne résignée et bonne excessivement, elle fait tout le bien possible autour d'elle. Plus d'une fois, ayant rencontré Juana sur sa route, elle s'est arrêtée pour lui parler. Elle fut frappée de l'intelligence de l'enfant comme de sa gentillesse, et s'intéresse vivement à elle... Elle serait heureuse si vous acceptiez de la lui confier. Elle la placerait en pension à Santos et assumerait tous les frais, d'étude, de trousseau. Je me hâte d'ajouter que vous n'en garderiez pas moins votre fille aux vacances et qu'elle vous reviendrait dès ses classes terminées. Peut-être même, qui sait ! mais cela, elle ne me l'a pas dit — peut-être même la doterait-elle un jour... Réfléchissez. Je m'en vais visiter un malade et prendrai au retour votre réponse.

Les fermiers demeurés seuls se concertèrent.

L'envol de l'oisillon allait-il laisser au nid un grand vide ? La pauvrette, toujours craintive, animait si peu la maison de ses chansons, de son babil, de ces ramages qui sont le charme et la joie de l'enfance, que cette considération d'ordre tout sentimental n'était guère pour influencer leur décision.

Mais la fillette, déjà, aidait un tantinet au ménage. En grandissant, elle y contribuerait plus utilement... et la mère voyait lui échapper cette précieuse auxiliaire.

Le père, cependant, objecta qu'il ne fallait pas

s'aliéner la châtelaine si aimée dans le pays, et que la « petite », sans qu'il leur en coûta un milréis, recevrait une instruction de « demoiselle ».

L'intérêt, alors, et la vanité les firent tomber d'accord, et ils donnèrent leur consentement.

Quelques jours après, Juana entrait en pension à la meilleure institution de Santos.

Elle se trouva toute dépaysée, toute triste d'abord dans ce milieu où les maîtresses l'accueillirent, il est vrai, très affectueusement, mais où les élèves, filles de riches familles bourgeoises, affectèrent de la tenir à distance. Des larmes lui en montaient aux yeux ; mais fière, elle les refoulait. Bientôt, cependant, une « grande » à qui l'avait recommandée Mme de Baldeira, la prit sous sa protection. La « petite paysanne » devint alors la « petite camarade... » et son cœur de s'épanouir et vite la gaieté d'y reprendre ses droits.

Elle venait passer, ainsi qu'il avait été convenu, toutes ses vacances dans sa famille, mais ne manquait jamais de faire à sa bienfaitrice de discrètes visites dont elle revenait comblée de gâteries et qui pour elle étaient surtout de délicieuses détentes.

Ses parents ne s'étaient guère en effet départis de leur attitude à son égard. Ils exigeaient que la demoiselle — ainsi qu'ils s'étaient accoutumés à l'appeler — tout en s'occupant en particulier de la maison, concourût à certains travaux des champs.

Quant aux manifestations de tendresse, ils en demeuraient aussi peu prodigues, encore que devenus sobres des « gestes frappants » lorsqu'elle ne se montrait pas assez souple ou boudait à quelque besogne pénible.

Et Juana de frémir en songeant à l'existence qui l'attendait le jour où elle retomberait, bien élevée et instruite, dans ce milieu si rude et si vide d'affection, où l'affection du moins se trouvait comme étouffée sous l'obsession du souci de la terre et des profits à en tirer.

...Ses appréhensions n'étaient que trop fondées.

À seize ans, lorsqu'elle eut achevé ses études, elle ne fut guère traitée avec plus de ménagement. Aussi bien, abandonnant toute pensée de résistance qui eût conduit à des scènes violentes et dont Dieu pouvait la punir, avait-elle pris l'habitude de se replier sur elle-même, s'oubliant parfois, en des accès de sombre mélancolie, jusqu'à presque en vouloir à la châtelaine de sa généreuse initiative :

— Souffrirais-je autant, se disait-elle alors, si elle m'avait laissée à ma condition de paysanne ?

Mais vite elle se reprochait son ingratitude : ne lui devait-elle pas son éducation religieuse et les jouissances intellectuelles qui la consolaient de ses déboires, de sa peine ?

Il ne lui fallait d'ailleurs plus songer à cette femme de bien pour lui trouver une situation qui l'éloignât de la ferme. Elle était morte peu de temps après la sortie de pension de sa protégée.

Juana eût bien voulu se placer à Santos comme dactylographe. Timidement un jour, elle s'en ouvrit à son père — un jour que celui-ci rentrait du village en sifflotant un refrain du pays — ce qui, chez le fermier, était l'indice d'un contentement de soi que la maligne connaissait bien. Elle l'entendait toujours, ce refrain, quand il revenait de faire à la foire de l'endroit quelque vente particulièrement avantageuse de grains ou de bétail, ou qu'après une tournée dans ses terres, les cultures lui avaient paru riches de promesses.

Juana s'approcha de lui et câlinement lui murmura son désir :

— Dactylographe ! se récria Torreno en levant les bras au ciel. Est-ce qu'on vous entraînait en classe à vous servir de la machine ?

— Non, mais on y parvient très rapidement. Il suffit de quelques cours.

— Et tu les payeras, ces cours, sur tes économies?

— Vous savez bien, papa, que je n'ai jamais eu de tire-lire.

— Et nous, ma petite, nous n'avons pas « sué » à gagner de l'argent pour en dépenser aussi sottement. Nous avons au surplus besoin de tes services. Nous te gardons.

Le refus était péremptoire, et la jeune fille dut s'astreindre à la vie et aux choses de la campagne.

La lecture était, aux heures de repos, son unique distraction, la Bibliothèque paroissiale lui prêtant obligeamment les livres. Elle ne s'en cachait pas de ses parents ; mais ils ne se faisaient pas faute de lui reprocher un plaisir qu'ils ne pouvaient goûter ni comprendre ou de l'en railler.

Elle avait recours aussi, dans ses moments de grosse peine, à la religion, ses maîtresses, plus que sa mère et son père, lui ayant appris à aimer Dieu ; mais elle ne se sentait pas encore la résignation chrétienne qui apaise la souffrance et soutient dans l'épreuve.

L'âge vint, cependant, où le cœur se met à parler, « où on cultive la petite fleur bleue de ses rêves ».

Elancée, de taille plutôt grande, quand debout devant sa glace elle contemplait son visage ambré aux traits délicats, ses yeux noirs brillant derrière les franges des longs cils, sa bouche petite aux coins légèrement relevés, elle pouvait sans modestie peut-être mais à bon droit se dire : « Je suis belle... je me marierai ».

De fait, il n'est pas rare de rencontrer dans la population rurale du pays de fort jolies créatures dignes du pinceau d'un Rubens ou d'un Van Dyck.

Certes il lui manquait ces manières élégantes qui sont le charme de la femme du monde ; mais le cours de maintien de la pension l'y avait préparée, et pour qui est fine et avisée, elles s'acquièrent promptement dans les salons.

Quant aux prétendants — les suggestions flatteuses de son miroir ne devaient pas la tromper — il s'en présenta deux, des fils de fermiers possesseurs de grands biens qui n'avaient pas un instant douté que leur fortune ne les fit agréer.

Leur tenue, il est vrai, non plus que leur personne, n'avait déplu à Juana ; mais entichés de leurs terres, ils entendaient y demeurer... et elle avait la campagne en horreur.

Entre eux, de plus, quelle différence d'éducation ! Sans être ce qu'il est convenu d'appeler une intellectuelle, elle voulait avoir avec son mari d'autres sujets de conversation que labours, semailles, récoltes, élevages. Ses goûts, ses manières ne seraient pas les siens. Pourquoi, s'était-elle dit non sans raison, s'exposer à des froissements, à des désaccords et à des souffrances peut-être ?... Et elle les avait l'un et l'autre évincés.

Mais dans le voisinage habitaient les Lannunez, artisans enrichis dont le fils doué d'une brillante intelligence à défaut d'avantages extérieurs, s'était de bonne heure, avec l'aide paternelle, lancé dans les affaires et venait, après de fructueuses opérations, d'ouvrir un établissement de Banque à Rio. Il avait l'habitude de venir une ou deux fois par an passer quelques jours en famille à Santos chez son père.

L'ancien ouvrier s'était fait bâtir au pied de la colline boisée qui domine le village, une maison sans style mais spacieuse et confortable — silencieuse retraite où il se reposait, dans la joie odorante de l'air et de la lumière, du bruit et des fatigues de l'atelier.

Le jeune banquier était resté bon fils, et ses succès financiers qui en avaient fait une notabilité de la capitale, ne l'avaient pas enorgueilli, pas du moins jusqu'à le détourner de ses humbles parents.

A la campagne, à des lieues des agitations de la Bourse, quoi de plus attrayant que de s'égarer dans les prairies ou les sous-bois au hasard des sentiers ? Il revenait d'une de ces riantes flâneries, un matin, quand il aperçut une silhouette de femme arrêtée sur le bord d'un ruisseau.

Très myope, il ne la reconnut qu'arrivé tout près d'elle, et après un salut des plus sympathiques :

— Me permettez-vous, Mademoiselle, de vous offrir mon aide ? fit-il en la voyant hésitante à franchir le cours d'eau qu'avait légèrement grossi un orage de la nuit.

Elle lui parut délicieuse dans sa robe de toile de Jouy relevée d'un seyant petit col d'organdi qui faisait valoir les lignes harmonieuses de son cou mince encerclé d'un coquet ruban.

Il eut tôt fait de jeter deux ou trois pierres à l'endroit habituel du gué, et prenant la main de la jeune fille, il la fit passer sur la berge opposée.

— Je coupais au plus court en venant de l'église, fit-elle un peu confuse, et ne me doutais pas de ce fâcheux obstacle...

— Qui, enfant, ne vous eût guère embarrassée, n'est-ce pas, Mademoiselle ?

Elle eut un petit sourire espiègle qui creusa dans ses joues toutes roses de sa course à travers champ deux mignonnes fossettes, et après quelques mots aimables sur la fidélité des visites du jeune homme au village natal.

— Je vous remercie, Monsieur, dit-elle en lui tendant la main à son tour, et m'excuse d'avoir interrompu votre promenade.

— Trop heureux, mademoiselle, de la charmante rencontre, ne put que balbutier Lannunez séduit et troublé.

Son émoi n'avait pas échappé, on s'en doute bien, à la clairvoyance de Juana. Elle en fut peut-être flattée dans son orgueil de femme, mais nullement remuée.

Elle ne le trouvait pas laid ; il ne lui était pas antipathique... mais dans ses prunelles passaient comme des lueurs d'acier qui l'avaient étrangement impressionnée.

Elle ne s'en disait pas moins au fond, tout au fond d'elle-même, qu'elle accepterait volontiers de devenir sa femme. Ce mariage ne serait-il pas l'évasion du milieu dont elle pâtissait et l'acheminement vers ce monde élégant au seuil duquel l'avaient transportée ses rêves tant de fois ?

Quant à Lannunez, il était tout-à-fait épris.

Il savait qu'elle avait été élevée au Pensionnat de Santos... et elle était jolie... elle ne pouvait que lui faire honneur... Et il avait ouvert son cœur à sa mère, aussi confiant dans le jugement de son âme droite et pieuse que dans sa tendresse nullement jalouse et soucieuse avant tout du bonheur de son fils.

L'excellente femme avait approuvé son choix.

— Et crois-tu maman, qu'elle me veuille agréer ?

— Oui, je le crois. Elle a bien refusé deux partis — deux beaux partis ; mais il s'agissait de jeunes cultivateurs, et tout le monde sait — elle ne s'en est jamais cachée — que la vie des champs lui est odieuse... tandis que toi...

Dans un élan de joie il passa son bras autour du cou de sa mère et l'étreignit longuement.

Il rechercha dès lors et sans plus tarder toutes les occasions de revoir la jeune fille. Mais Juana était très tenue à la ferme et n'étant pas au courant de ses habitudes, il n'avait eu, depuis, le plaisir de l'apercevoir et de la contempler que deux ou trois fois de loin et n'avait encore pu lui témoigner autrement que par d'éloquents regards le sentiment qu'elle lui avait inspiré. Il s'était en revanche promis de lui parler seul à seule le jour assez proche où devait se donner au village une vente de charité dans le grand jardin de la Mairie.

Elle avait été priée d'y tenir un comptoir, et il pensait bien saisir un moment où il pourrait l'entretenir sans témoins.

Sous une charmille où passaient, avec la fraîcheur d'une petite brise, des ondes de parfums entremêlés, la table de Mlle Torreno, très attirante par son étalage de confiseries et de gâteaux, était littéralement prise d'assaut.

Indifférent en apparence, rageant au fond, Lannunez errait dans les allées craquantes de cailloux comme un prisonnier dans un préau, quand préluda la Lyre de Santos dont on s'était assuré l'aimable concours.

La foule alors de courir à l'estrade enguirlandée de verdure et de fleurs disposée pour les musiciens, et le banquier à la bonbonnière de Juana... qui s'attendait à sa visite ; elle l'avait aperçu trépignant d'impatience derrière les massifs.

— Je puis aborder enfin vos appétissantes friandises, fit-il en s'inclinant, ravi, devant l'exquise vendeuse... Vous permettez ? ajouta-t-il presque aussitôt pour se donner une contenance, la main tendue vers un plateau de petits fours.

— Je croyais, acquiesça-t-elle avec une pointe de malice, tout en répondant, gracieuse, à son salut, que la gourmandise était le péché mignon de la femme...

— Croyez-vous vraiment, Mademoiselle, que ce soit la gourmandise qui m'amène près de vous ?

Et comme elle se taisait rougissante légèrement, Lannunez, dans la crainte qu'un fâcheux ne survînt, se déclara brusquement :

— Depuis notre rencontre sur le bord du ruisseau,

votre image charmante, Mademoiselle, ne m'a pas quitté. Voudriez-vous me rendre heureux... en m'accordant votre main ?

Et il l'enveloppa d'un tendre et timide regard. Une flamme jaillit des prunelles de jais de la jeune fille, une flamme gaie, de contentement et d'orgueil. Et comme elle persistait à garder le silence :

— Excusez, supplia-t-il, la brutalité de mon aveu. nos minutes étaient comptées... voyez... des acheteurs vous reviennent...

Elle se savait aimée de Lannunez. Elle ne s'attendait pourtant pas à une démarche aussi prompte, et bien que l'ayant prévue, bien qu'y ayant déjà mûrement réfléchi, toute saisie qu'elle était malgré elle, elle hésitait à lui répondre quand l'approche d'un groupe où elle avait reconnu un de ses prétendants, l'y décida, et très vite, avec un sourire qui lui ensoleilla le cœur, elle lui dit tout bas :

— Vous pouvez, Monsieur, me demander à mon père.

— Merci, merci, Juana, eut-il à peine le temps de lui chuchoter à l'oreille, tout en glissant très libéralement dans sa petite main un billet pour les douceurs auxquelles il n'avait guère fait honneur.

....

Jamais peut-être au village ne s'était vu si beau mariage.

— Le mariage d'un banquier et d'une paysanne « demoiselle », pensez donc ! s'exclamaient les bonnes gens de l'endroit, et tous deux enfants du pays !

— Avec cela, pas fiers, ni l'un ni l'autre.

La nouvelle en avait couru de bouche en bouche. Juana et Lannunez avaient conquis tous les cœurs, et on le leur témoigna de la façon la plus fratteuse.

La foule était énorme des amis, des sympathisants et des curieux qui bien avant l'heure formaient double haie sous les ombrages de la magnifique esplanade, aux abords de la Mairie. Et lorsqu'après le défilé du cortège en des voitures exceptionnellement commandées à Santos, se présenta le coupé fleuri de la mariée, ce fut une véritable ovation.

Quant à l'église, elle était comble. On avait du porche à l'extrémité de la nef déployé le tapis des grands jours et allumé tous les lustres. La moitié du chœur disparaissait sous les plantes vertes. Des fleurs à profusion répandaient dans l'atmosphère de subtils parfums. L'autel était un bouquet de clartés.

Après une délicate allocution du curé et la bénédiction nuptiale, la messe se déroula en musique aux accents de l'harmonium tenu par une des anciennes maîtresses de Juana gentiment venue à son appel ; et la cérémonie terminée, on se rendit à l'auberge en vogue pour le repas de noce — repas d'une somptuosité inattendue.

Il se rencontre en effet — de par les Deux-Mondes — de ces gens sinon avares, du moins parcimonieux à l'excès qui, à l'occasion d'un événement où entre en jeu leur vanité, ne regardent plus à la dépense et font, comme l'on dit, les choses grandement.

Tels les Torreno.

Table fleurie, semée de pyramides de fruits et de pièces montées. Mets exquis et copieusement arrosés de vins excellents. Café servi avec les liqueurs sous une charmille embaumante de jasmin... rien ne manqua au festin.

Le cadre, dans un hôtel de Santos, eut été plus luxueux. La fête, en tout cas, n'y eût gagné ni en confortable ni en agrément... ni en animation, car une sauterie avec orchestre choisi l'avait joyeusement clôturée.

Mais les jeunes mariés n'en avaient pas attendu la fin, et avant qu'il fit nuit, une puissante limousine les emportait vers Rio, vers la belle villa que venait d'acheter Lannunez aux environs de la capitale.

IV

M. de Nurène, autant par bienséance que par un sentiment de sympathie très compréhensible, était venu, peu après la mort tragique du banquier, rendre visite à la jeune veuve.

Elle ne lui parut guère désolée. Non plus que le jour du fatal événement, ne s'étaient même humectées ses paupières. Il était visible que son mari ne lui avait pas laissé de regrets bien profonds.

Mais pourquoi cette contraction aussi subite que vite réprimée de son visage à l'évocation toute naturelle pourtant du défunt ?...

L'ingénieur, en tous cas, la trouvait singulièrement à son avantage dans sa toilette de deuil très seyante... et pas trop sévère. Surprit-elle la discrète admiration du comte et songea-t-elle à se l'attacher ? Toujours est-il qu'elle se montra d'une amabilité qui l'eût bientôt captivé.

Et il revint à la villa.

Il y revint souvent, attiré comme malgré lui par le charme de Juana, si bien qu'elle finit par s'emparer de tout son être et qu'il ne soupçonna jamais... ou ne voulut retenir ce qui vaguement se chuchotait sur elle dans certains milieux où l'on savait de quelle manière l'avait traitée Lannunez.

....

Lannunez était en effet devenu d'une jalousie disons le mot : féroce et qui à la longue s'était révélée brutale.

Il était de ces jaloux qui souffrent et qui torturent sans pitié.

A vrai dire il ne séquestrait pas sa femme, mais il a tenait en continuelle servitude. Il lui refusait ou du moins lui mesurait avec une parcimonie les distractions mondaines dont elle avait rêvé.

Il n'avait cependant pu lui interdire de « prendre un jour », sa situation lui faisant presque une obligation de ne pas l'isoler ; mais il avait limité ses visites, comme d'ailleurs les réunions auxquelles ils étaient conviés, à celles dont on ne pouvait se dispenser. Et dans les salons, il ne la quittait pour ainsi dire pas des yeux, épiant — véritable Argus — ses gestes, ses paroles, au milieu des hommages délicats que lui valait sa beauté.

C'étaient alors, dès la rentrée à la villa, des scènes où il l'accablait de reproches rien moins que fondés sur sa coquetterie et ses excès d'amabilités — scènes parfois très vives (car elle avait, elle aussi, son caractère) et qui la blessaient profondément.

Mariage de raison n'est pas exclusif de bonheur, s'était-elle dit en agréant Lannunez. De fait, heureuse de la bonne harmonie étayée de confiance et d'affection qui marqua les débuts de leur union, l'avenir, tout d'abord, lui avait souri.

Dans leur grand voyage de noce en Europe, il n'avait rien fait, rien dit qui l'eût froissée. Il s'était toujours montré des plus empressés, attentif à lui plaire, à déférer à ses moindres désirs, à les prévenir même, et ne semblait pas avoir pris ombrage des regards admiratifs dont partout elle avait été l'objet... Mais combien prompte, combien amère devait être au retour à Rio sa désillusion !

La jeune femme s'énerva ; puis elle en voulut à son mari de ses inconcevables sorties, et il en résulta, ainsi qu'il fallait s'y attendre, dans les relations des époux, une froideur qui de jour en jour s'accentuant, ne pouvait qu'aboutir à la désunion.

Dans leur ciel déjà bien sombre les nuages s'accumulaient... L'orage menaçait... il éclata un soir qu'en revenant d'une réception. Lannunez éperdu de jalousie, ne se possédant plus, lui saisit brutalement le poignet et le lui meurtrit, prêt à la frapper.

— Votre conduite est indigne ! lui jeta-t-elle, outrée

Et du coup elle le prit en haine.

Quelle passion cruelle que la haine, et qu'il est triste de « porter ainsi sur le cœur un poids d'amertume qui empoisonne la vie » ! A l'attitude de son mari ne pouvait-elle tenter d'opposer la douceur — une douceur qui l'eût peut-être rendu à lui-même et conduit à regretter ses injustices, à rougir de ses violences ? Mais non. Humiliée, exaspérée au point d'en oublier ses sentiments chrétiens, son aversion s'exalta... elle l'eut bientôt en horreur.

Le lendemain, comme si l'atmosphère de la villa lui pesait, elle s'habilla nerveusement et s'achemina vers la campagne.

Elle n'était pas peureuse et parfois s'aventurait seule dans des promenades lointaines.

Sans songer à contempler le paysage que baignait l'exquise lumière du matin, toute au cuisant souvenir de la terrible scène, elle traversait la grand-route, quand elle aperçut un homme d'aspect misérable, vêtu d'un complet de velours usé, gisant sur le bord du fossé, blessé. Impuissant à se soulever, il exhalait des plaintes sourdes.

L'air du personnage n'était pas très rassurant. Pourquoi, cependant, au lieu de vite retourner sur ses pas et de lui faire envoyer du secours, est-elle allée vers lui ?...

Le malheureux avait été happé par une automobile qui honteusement s'était enfuie à toute vitesse. Violemment projeté, il s'était fortement contusionné et sa tête avait donné contre une pierre. Elle étancha de son mouchoir de fine batiste le sang qui s'en échappait ; puis l'engageant à prendre patience :

— Je cours à ma villa, lui dit-elle, et vous ferai chercher aussitôt. On vous soignera chez moi.

C'était un homme entre deux âges, d'apparence robuste, dont le visage tanné disparaissait presque sous d'abondants cheveux qui lui cachaient le front et une barbe embroussaillée, très fournie.

Il était de ces petits marchands ambulants qui vont vendre de menus jouets d'enfants ou de la mercerie dans les campagnes en sollicitant nourriture et gîte momentané de leurs acheteurs. En réalité, ses courses en banlieue n'avaient d'autre but que de donner le change sur ses agissements mystérieux de la nuit : il se livrait à la contrebande.

On l'appelait Pedro le Velu.

Son abord peu attirant l'avait fait accueillir avec hostilité des gens de la villa. Ceux-ci en avaient même paru inquiets. Il s'en aperçut, et pour être mieux traité, s'attacha et réussit, en se montrant « bon enfant », à dissiper leurs préventions.

Le banquier, informé de sa présence en rentrant de la ville le soir, voulut incontinent le faire chasser. Il fallait se méfier, disait-il, de ces nomades qui courent les champs et visitent les habitations isolées. Mais Juana objecta que l'homme était hors d'état de se remettre en route, et sur son insistance, obtint de le garder.

Les bavardages des domestiques eurent tôt fait d'apprendre à Pedro l'expulsion dont il était menacé. Est-il besoin de dire qu'il en tint grandement rancune à leur maître ? Il fut par contre infiniment touché du nouveau geste compatissant de sa bienfaitrice et sa gratitude s'en accrut.

Ne voulant cependant pas abuser de son hospitalité, il manifesta, sitôt sur pied, l'intention de se retirer et demanda qu'on lui permît de remercier « la dame » de toutes ses bontés.

Juana, tout en lui glissant dans la main quelques pièces de monnaie, l'interrogea aussi discrètement que possible sur les circonstances qui avaient si malheureusement affecté son existence.

Il était trop habile pour se livrer et se contenta de répondre qu'il avait été bien jeune abandonné à lui-même et que, jeté au courant de la vie comme un bouchon au fil de l'eau, après avoir quelque temps flotté, il s'était échoué dans une mare boueuse :

— Si cependant le pauvre être que vous avez secouru et qui jamais ne l'oubliera, peut un jour vous être utile, faites un signe, j'accourrai, madame, ajouta-t-il en s'inclinant profondément.

Et il gagna la porte.

— Ne craignez pas de revenir, Pedro, lui dit-elle ; il vous sera toujours fait ici bon accueil.

Lannunez ne s'était pas départi de ses intolérables procédés envers sa femme. La vie commune était devenue pour celle-ci un enfer. Aussi s'ancrait-elle de plus en plus dans sa rancune et en était-elle venue, au paroxysme de l'indignation et de la colère, à rêver de fuir la villa.

Elle était un jour accoudée à sa fenêtre, les yeux fixes, comme perdus à l'horizon lointain vers la ville où son mari brassait à cette heure des affaires, sans souci de ses tourments.

Le ciel radieux le matin, s'était assombri. Une morne lumière enveloppait la côte, d'ordinaire rayonnante et si gaie ; elle y vit le symbole de sa détresse. Et les irritants souvenirs de tourbillonner ainsi qu'un vol de corneilles annonciatrices de malheur, dans sa tête surexcitée.

Pour les chasser, comme elle le faisait souvent à ses moments de crises particulièrement aiguës, elle descendit au jardin et se mit à errer par les allées.

Mais la détente souhaitée ne se produisit pas.

Alors, la poitrine oppressée, ses jambes la soutenant à peine, elle avisa le premier banc à sa portée, s'y laissa choir et le visage enfoui entre ses deux mains, continua de s'abîmer dans les plus sombres réflexions.

Elle atteignit bientôt à une telle exaltation nerveuse que se parlant elle-même tout haut :

— La torturante vie que la mienne ! soupira-t-elle. Quand donc en serai-je délivrée !...

Un léger bruit de pas tout proche la fit brusquement se retourner.

— Pedro ! Vous, ici !... Qu'ai-je dit, mon Dieu ! s'exclama la malheureuse... Vous allez oublier ce que vous venez d'entendre, n'est-ce pas, Pedro ?...

L'imprévu avait surgi là, comme fatal, et l'avait bouleversée de surprise et de crainte.

L'homme, cependant, la dévisageait.

Son extrême pâleur, ses traits contractés le frappèrent.

— Ce qui se chuchotait à l'office, entre les domestiques, devant moi, serait donc vrai ? songea-t-il. Son mari la maltraiterait à ce point !...

— Vous faire tant souffrir, Madame, vous si bonne ! se borna-t-il à répondre en grondant.

Juana frémit du ton dont il avait accentué ces paroles, et malgré les frissons qui lui couraient dans les veines, faisant un violent effort sur elle-même :

— Laissons cela, Pedro, balbutia-t-elle, et dites-moi par quel hasard je vous trouve ainsi à l'improviste dans cet endroit écarté du jardin

— Je vous demande pardon, Madame. En passant devant la villa, je me suis permis d'entrer pour vous saluer... ainsi que vous m'y aviez autorisé. Je vous ai aperçue de la grille à travers les massifs et me suis dirigé vers vous. Je vous ai vue alors vous affaisser presque sur ce banc, et je m'approchais.

timide et anxieux, lorsque j'ai entendu votre... plainte.

— Il est pour tous de vilains moments dans la vie, mon pauvre Pedro... Allons, laissez-moi, maintenant, et passez dire à la maison qu'on vous serve quelque chose.

Lentement alors, dans un trouble et une inquiétude inexprimables, elle remonta à sa chambre, se disant :

— Pourvu que Pedro...

Elle n'acheva pas sa phrase et tendant soudain les bras en avant comme si elle repoussait une effarante vision :

— Mais... je ne l'y ai en rien sollicité, protesta-t-elle vivement.

— Peut-être, lui répliqua aussitôt une voix intérieure. Mais cet appel à ta délivrance que tu as jeté aux échos du jardin et qu'a surpris Pedro, devais-tu le proférer ? et n'incitera-t-il pas cet homme, ce coureur de grands chemins qui te semble si dévoué, à faire disparaître l'oppresseur de sa bienfaitrice ?...

La jeune femme, alors, dans un déluge de larmes, abattue, désemparée, se reprocha sa grave imprudence.

Mais après un long moment, une rayée de soleil claire et gaie filtra par les rideaux et peu à peu le cours de ses idées se fit moins sombre. Un espoir même lui sourit : elle se sera exagéré la reconnaissance du colporteur ; pourquoi s'imaginer que pour la servir, il irait jusqu'à un crime ? ne lui avait-elle pas au surplus, recommandé d'oublier son malencontreux cri de détresse ?...

Mais ce cri, Pedro l'entendait encore résonner à son oreille, tandis qu'il se restaurait à la cuisine, et il songeait qu'elle n'aurait eu qu'un mot à dire pour qu'il se chargeât de la débarrasser du brutal.

Mais ce mot n'était pas tombé de ses lèvres. Il réfléchit alors qu'on voit des femmes qui souffrent de pareilles vexations conjugales et n'en continuent pas moins d'aimer leur mari... et il jugea préférable, plus prudent aussi, tout en plaignant « la dame si bonne », de ne pas intervenir.

Il se disposait à quitter la villa, quand il vit la grille s'ouvrir et Lannunez descendre de sa limousine.

Mais au lieu de rentrer, le banquier avide de mouvement et de grand air après une rude et décevante journée d'affaires, voulut entreprendre une promenade à pied et il s'enfonça sous bois vers les ouvrages du nouveau chemin de fer qui se pratiquaient dans la colline, à quelque distance de là.

Il parvint bientôt à une tranchée dont la profondeur atteignait déjà plus de vingt mètres.

Tout près du bord et légèrement incliné sur l'excavation béante, il regardait travailler l'équipe des terrassiers, quand soudain, il chancela et, précipité dans le vide, s'écrasa sur les roches du dernier éboulis.

Assassinat ? s'est-on demandé... Mais on n'avait pas entendu de détonation et le corps ne portait d'autres blessures que celles de sa chute dans l'abîme.

Suicide ? D'aucuns y ont cru, mais sur de vagues présomptions : la Banque Lannunez, se murmurait-on depuis quelques jours, allait périclitant.

Accident sans doute ? dû à un vertige ou à une inattention sous l'empire de graves préoccupations?... De malveillants esprits et surtout des envieuses de la belle Juana qui avaient eu vent de la troublante désunion des époux, n'en soupçonnèrent pas moins un attentat dont celle-ci pouvait avoir été l'instigatrice.

Dieu sait pourtant, si elle souffrit du meurtre de son mari ! car elle avait tout de suite songé — et elle en était demeurée convaincue — que Lannunez était tombé sous les coups de Pedro.

Dans sa pensée, le colporteur, contrairement à l'espoir qu'elle avait un moment conçu, avait cédé au sentiment exagéré de gratitude qu'elle avait redouté et qu'elle réprouvait. Pour humiliée, blessée dans sa dignité d'épouse, et maltraitée qu'elle fût, son cœur n'était jamais allé en effet jusqu'à souhaiter qu'un crime la délivrât.

De ce crime pourtant, elle devait se considérer comme la complice.

Elle eut beau se dire qu'elle avait parlé presque inconsciemment, sous le fouet d'une affolante et irrésistible exaspération et se croyant seule au jardin, rien n'y fit. Le remords s'empara d'elle et ne la quitta plus.

Une seule personne eût pu, en la tirant d'une cruelle erreur, rendre le calme à sa conscience : Pedro. Mais celui-ci n'avait plus reparu à la villa...

Revenant alors à la douce religion bien délaissée après son mariage (à peine, depuis, s'en était-elle tenue, comme on l'a dit spirituellement, « à la religion du dimanche dont on fait bon marché pendant la semaine ») ; elle se réfugia dans la prière et le repentir, et obtint peu à peu de Celui qui console. l'apaisement sinon l'oubli.

V

Quelques mois après, Mme Lannunez reprenait « son jour », et les habitués de son salon d'y revenir avec empressement, sans excepter — ô hypocrisie mondaine ! — ceux qui, à la mort de son mari, l'avaient « habillée » de perfides sous-entendus.

Le comte de Nurène avait continué ses visites, encouragé d'ailleurs par l'accueil de plus en plus gracieux de la maîtresse de maison que l'élégante tournure de l'ingénieur et sa distinction naturelle, jointe au prestige de son nom, avaient séduite à son tour.

Dès leurs premières rencontres, s'était affirmée entre eux une vive sympathie, et il n'avait pas tardé à lire dans son beau regard voilé de mélancolie, le sentiment plus tendre qu'il lui inspirait.

Depuis lors, tous deux s'étaient laissés aller à la douceur d'être ensemble, heureux lorsqu'ils pouvaient se parler sans témoins, se dire autre chose que les banalités courantes des réceptions.

Une après-midi qu'un spectacle extraordinaire — dont l'avait privée son deuil encore trop récent — avait retenu à la ville ses visiteurs et qu'elle se trouvait seule avec le comte :

— Je ne crois pas qu'il vienne personne aujourd'hui. Voulez-vous, proposa-t-elle, que nous passions au jardin ? La température y est délicieuse.

— Bien volontiers, Madame.

Le soleil se couchait derrière les grands arbres du parc. Déjà, les plates-bandes, la pelouse, les allées se nuançaient d'ombre. Un souffle frais se glissait dans les branches. De ci, de là fusaient des cris d'oiseaux en quête du gîte nocturne.

Ils se dirigèrent vers un rond-point garni de sièges rustiques, sous une avenue de hauts bambous.

Elle s'assit sur un de ces bancs de bois aux bras noueux comme on en voit encore dans certains cottages. Un rayon d'or se jouait dans les boucles soyeuses qui lui effleuraient les tempes.

Lui, sous le charme, debout, s'oubliait à contempler le fin visage qui lui souriait.

— Vous ne prenez pas une chaise ? fit-elle.

Il ne bougea pas, gardant le silence, pensif.

Certes, il avait aimé, profondément aimé sa femme et avait éprouvé de sa foudroyante mort un coup au cœur dont il était demeuré brisé, désemparé. Mais son départ pour le Brésil, l'éloignement du milieu si attristant où il s'était confiné, les impressions du grand voyage sur mer et du prestigieux séjour de Rio-de-Janeiro, l'activité que lui imposèrent, dès son débarquement, ses attachantes fonctions, tout avait concouru à le distraire de sa douleur. Puis celle-ci — comme toute douleur souvent — s'était adoucie... Puis un sourire s'était rencontré qui le charma... et il ne voulut plus être malheureux.

Insensiblement alors et sans vouloir faire litière de l'inoubliable souvenir du premier amour, la solitude devenant de plus en plus lourde à sa nature affectueuse, il avait songé à se créer un nouveau foyer.

— Est-ce la poésie du soir qui vous jette ainsi dans l'extase ? reprit Juana d'un petit air détaché.

L'ingénieur plongea ses yeux dans les grands yeux noirs levés sur lui, et, incapable de retenir davantage l'aveu qui lui montait aux lèvres :

— En cette ambiance dont l'exquise fraîcheur m'impressionne en effet délicieusement, laissez-moi, Madame, non pas vous apprendre — ne le saviez-vous déjà ? — mais vous dire quel serait mon bonheur d'unir ma vie à la vôtre... Le voulez-vous ?

Les paupières de la jeune femme battirent légèrement sur son regard clair et franc :

— Si j'étais assurée de vous rendre heureux, fit-elle de sa voix douce aux inflexions un peu chantantes, je vous répondrais : oui, de tout mon cœur dont vous avez su aussi trouver le chemin. Mais j'ai gardé de la mort de mon mari une sensation indéfinissable et troublante, comme un cauchemar que je ne puis parvenir à chasser... Vous vous êtes sans doute aperçu de mes crises de mélancolie... je ne voudrais pas vous en attrister...

— Ma tendresse aura tôt fait de les dissiper,

protesta le comte très ému, en portant à ses lèvres la main qu'on lui abandonnait...

Leur mariage se célébra de nuit à la cathédrale de Rio. Sous la vive clarté des lustres et des appliques électriques se pressaient les personnes les plus en vue de la colonie française et l'élite de la société brésilienne.

Dès qu'apparurent les nouveaux époux, ce fut sur tous les bancs un chuchotement discret d'admiration au milieu des envolées de la Marche nuptiale du grand orgue.

Ils étaient jeunes encore tous deux. Elle, d'une beauté toujours fraîche sous sa toilette sérieuse mais élégante et qui lui seyait à ravir. Lui, svelte, la taille bien prise dans son habit à la boutonnière liserée du ruban rouge, avec on ne sait quoi de charmeur dans la physionomie, dans les yeux surtout, des yeux doux et francs où éclatait la belle droiture de sa vie.

Parmi l'assistance, en un coin d'ombre de la vaste église, un homme de mise soignée, à la figure rude barrée d'une forte moustache, grand et sec, enveloppait le couple d'un regard mauvais.

C'était un Italien — du moins, il le disait, car il n'en avait nullement les traits caractéristiques — du nom de Delmonte, agent d'affaires établi depuis peu d'années à Rio, qui, à l'occasion d'une vente de terrain, avait eu la jolie veuve pour cliente et s'en était épris, épris au point qu'il avait rêvé de l'épouser... Mais il n'avait pas eu le don de plaire.

Déçu dans ses aspirations, nous allions dire : ses prétentions matrimoniales, il en avait conçu un violent dépit, et sa rancœur s'était accrue de la voir au bras du rival préféré.

Dans ses prunelles s'était cependant éteinte peu à peu la lueur menaçante, et ce fut le sourire aux lèvres qu'il alla parmi la cohue des invités saluer et — serpent glissant sous les fleurs — complimenter les heureux mariés.

... La cérémonie est terminée.

M. de Nurène et Juana sortent de la sacristie, et de nouveau sur leur visage rayonnant se concentrent les regards, tandis qu'à mi-voix se renouvellent les réflexions sympathiques... émaillées de propos envieux ; puis l'attention se disperse sur le cortège.

La nuit est radieusement étoilée.

— Le ciel s'est fait bien beau pour notre mariage, chuchota tendrement le comte à l'oreille de sa femme en descendant les degrés du parvis ; Dieu nous bénira...

Dieu bénit en effet leur union, et un enfant leur est né dont la venue bien désirée les combla de joie.

Juana semble heureuse. Ses yeux pourtant parfois se voilent à de soudaines évocations des violences de Lannunez et surtout de sa fin tragique ; mais les ressouvenances douloureuses, comme les scrupules de sa conscience, ne la tourmentent plus de façon aussi troublante. Son retour à la piété, l'amour de son mari, les caresses de leur petit Henry sont autant de douces et salutaires diversions à cet horrible passé.

Elle s'efforce de reprendre goût à l'existence, et ne veut pas se tenir éloignée du monde ; mais elle ne le fréquente que dans la mesure que lui imposent la situation de l'ingénieur et la fidélité à quelques relations particulièrement sympathiques ; n'est-ce pas au monde et aux égards flatteurs qu'y avait suscité sa beauté, qu'elle a dû de tant souffrir ? Elle a chèrement appris à s'en méfier. Et d'ailleurs, il ne l'attire plus ; sa nouvelle vie familiale a ouvert son cœur à des tendresses ignorées et lui rend de plus en plus cher son home.

VI

Telle était l'atmosphère de paix — de bonheur, peut-on dire — dans laquelle vivait la jeune femme, lorsqu'elle s'aperçut, un jour qu'il s'était fait attendre, contrairement à son habitude, pour le déjeuner, de l'air soucieux de son mari.

Quelque soin qu'eût pris l'ingénieur de lui donner le change, le repas fut morose. Le pli qui barrait son front, ne trahissait que trop ses préoccupations.

— Il me cache quelque chose... de grave, sans doute, se dit Juana inquiète.

Et par de délicates prévenances, par des récits des dernières gentillesses de leur enfant, elle s'efforça de l'en distraire, à peine y réussit-elle.

On servit enfin le café, et le domestique se retira.

Le comte ne se dérida, ni n'ébaucha la confidence attendue.

— Ne le contrarierai-je pas en l'interrogeant ? se demanda-t-elle.

Et elle hésitait encore lorsqu'il se décida brusquement à parler :

— J'ait été victime, cette nuit, d'un sabotage, gronda-t-il.

Et ses traits naturellement très doux prirent une expression si sombre que Juana en fut bouleversée :

— D'un sabotage ! dites-vous ?

— Oui, on a détruit un de mes ouvrages les plus importants... un pilier du pont de Salvator emporté .. le pont écroulé à moitié !

— Et ce ne serait pas dû à la violence du courant ?

— Je l'ai cru d'abord. Mais je viens de procéder à une enquête sur place, et ma conviction, maintenant, est faite : la malveillance est évidente.

Le comte était congestionné.

— La fraîcheur du jardin me fera du bien. Venez, dit-il à sa femme.

Ils se dirigèrent vers l'allée des bambous, et il reprit :

— Sitôt prévenu par le contremaître, je me précipite dans l'auto, et nous roulons à toute vitesse vers la rivière. Je vois alors le pont effondré contre lequel s'acharnait le courant écumeux. Je ne pouvais croire, cependant, étant donnés mes calculs, que celui-ci eût, à lui seul, provoqué le désastre, et je m'abandonnais à mes suppositions quand je remarquai de nombreux troncs d'arbres engagés dans l'amoncellement des débris : Un train de bois — sans guide — n'aurait-il pas été la cause du dommage ?... Et aussitôt, nous voilà partis en amont, à pied, au sein d'une nature sauvage et accidentée. Mais j'avais d'autres pensées en tête que d'admirer les beaux sites, et je ne me serais peut-être pas aperçu d'une magnifique cascade qui de son lumineux ruban sillonnait une colline, si l'abondance de ses eaux ne nous avait contraints à la recherche d'un passage praticable... Arrivés après un long détour à une première « coupe », rien d'anormal ne nous frappa ; mais à la suivante, de forts piquets fichés en terre sur le bord de la rivière attirèrent mon attention. Je m'approchai et constatai avec stupéfaction qu'il y était resté des bouts d'amarres fraîchement tranchées à coups de couteau. Le « train qui s'y trouvait en formation, prêt à être descendu à la reprise du travail, n'avait donc pas cédé à la pression du courant. Une main criminelle l'a détaché de la berge, et livré à lui-même, heurtant avec impétuosité le pilier, il l'a ébranlé et rompu.

— C'est abominable... Ce ne peut être le fait que d'un jaloux... Comment l'odieux d'une telle manœuvre n'a-t-il pas arrêté son bras ?... Ne soupçonnez-vous personne ?

— Non ; personne.

Et ils allaient et venaient à pas lents sous le délicieux ombrage, quand survint tout-à-coup le contremaître, les traits décomposés :

— Qu'y a-t-il encore ? questionna vivement le comte.

— Le tunnel en construction...

— Eh bien ?...

— Il a été obstrué.

— Obstrué !!

— Par un éboulis considérable. Je l'ai appris en retournant sur les travaux ce matin après vous avoir quitté, et j'ai couru aussitôt m'en rendre compte.

— Et votre impression ?

— Bien grave, monsieur l'ingénieur. On y a fait sauter des mines, j'en suis certain.

M. de Nurène pâlit.

— On en veut à notre œuvre, fit-il d'une voix douloureuse... Le pont... le tunnel... la même nuit... la concomitance du double méfait n'en révèle que trop l'horrible préméditation... Allons, vite au tunnel ! Je m'empresserai ensuite d'informer la Justice.

Delmonte, en quête d'une occasion de se venger du comte, avait résolu de s'attaquer d'abord à sa réputation d'ingénieur.

— Démolissons, s'était-il dit, ses ouvrages ; il en souffrira cruellement dans son amour-propre vis-à-vis des autorités brésiliennes et de ses commettants.

Et discrètement, avec patience, il suivit les grands travaux du nouveau chemin de fer.

C'est ainsi que, remontant un jour la rivière de Salvator, il découvrit d'importantes coupes qui se pratiquaient dans les forêts riveraines et vit des trains de bois énormes qu'on acheminait par eau vers le port.

— Voilà, pensa-t-il, qui pourrait servir de béliers contre les assises du pont.

Et il attendit que celui-ci fût construit. Profitant

alors d'une nuit sombre, il se rendit à la coupe et se glissa jusqu'à un radeau chargé de troncs, amarré sur la rive. Mais en vain s'efforça-t-il d'en dénouer les aussières. Que faire ?... Rapidement et sans songer aux conséquences de son geste maladroit, énervé, il les trancha d'une navaja dont il s'était muni et abandonna les arbres au courant.

Il se dirigea ensuite vers le tunnel tout proche. Il y pénétra, sa lampe électrique à la main, y disposa des explosifs, puis s'éloigna aussi promptement que le permettaient l'état et surtout l'obscurité des sentiers.

Et il rentra chez lui sans la moindre alerte dans les bois, sans rencontre à la campagne ou en ville qui pût le compromettre, fourbu mais satisfait de sa longue randonnée.

Réalisa-t-il son double but ?

A ne considérer que les résultats tangibles, oui, évidemment. Mais — et c'était ce qui lui importait le plus — la réputation de l'ingénieur en était sortie indemne : le sabotage n'était, ne pouvait être douteux. Ainsi d'ailleurs en avait tout de suite été convaincue la Justice ; mais quelque empressement, quelque zèle qu'elle eût apporté à ses investigations, le coupable devait lui échapper.

VII

Le chemin de fer achevé, d'autres entreprises avaient été confiées au comte, qui devaient bien au-delà de ses prévisions prolonger son séjour à Rio.

Encore que n'ayant à vrai dire jamais souffert de la nostalgie du pays natal, il avait hâte d'y retourner.

Qui ne s'est expatrié ne saurait se représenter la douceur que loin de France on éprouve à y songer, à en parler, et surtout la joie dont on exulte le moment venu de la revoir. Aussi bien, pour accueillante que lui eût été la capitale brésilienne et si cher que fût le souvenir qu'il en emportait, la quitta-t-il sans regret.

... Le voilà sur le pont du paquebot qui appareille. Sa femme est appuyée à son bras, et tous deux, comme s'ils ne devaient plus en avoir le féerique spectacle, contemplent le paysage sous la caressante lumière du crépuscule. Le petit Henry s'amuse à leurs côtés avec un garçonnet de son âge, vite devenu son camarade.

La coquette cité disparaît bientôt derrière une des îles de la baie, puis reparaît pour de nouveau s'effacer, masquée par un second bouquet de verdure.

Petropolis — la ville diplomatique, la station d'été à la mode — se détache alors dans un fouillis de végétation luxuriante. Mais leurs regards ne s'arrêtent ni à ses palais et à ses superbes hôtels, ni à ses élégantes villas parmi les bois en bordure du rivage; ils vont à la riante vallée de Cascatina, toute voisine.

— Vous rappelez-vous ?... dit le comte, en la désignant à sa compagne.

— L'exquise promenade que nous y avons faite ? Oui, aux premiers jours de notre mariage. Etait-elle assez prenantes avec ses mosaïques de fleurs, sa rivière chantante, ses cascatelles irisées ! La nature s'était livrée à nous, splendide, sans nuage ni vent qui la troublât.

— Je vous promets d'aussi ravissantes promenades dans notre belle France, ma Juana... Mais, retournez-vous. Voici Rio qui n'est plus là-bas qu'un point blanc dans la brume du soir.

— Le dos de bossu du Corcovado et le Pain-de-Sucre ne se distinguent plus qu'à peine.

— Disons adieu, amie, à votre séduisant pays, et descendons au salon, voulez-vous ? Nous ne sommes plus à l'abri de la brise qui fraîchit, et vous n'avez pas votre manteau.

Le steamer, cependant, a pris le large.

Le voyage s'effectue dans les conditions les plus agréables.

La jeunesse, très nombreuse, s'en donne à cœur joie de one step et de fox trot. Les enfants s'amusent dans leur hall gentiment décoré de fines peintures des Contes de Perrault. Les parents se prélassent à l'arrière dans les fauteuils à bascule.

On bavarde, on rit à en incommoder — à certaines heures — les amateurs de sieste en plein air.

Le salon résonne de délicieuse musique ; on y organise même le soir, des concerts au profit des Orphelins de la mer ou d'autres œuvres charitables ; puis on monte sur le pont et après s'y être attardé à jouir de la fraîcheur nocturne, on descend à regret dans sa cabine où, mollement bercé, on s'endort au rythme devenu presque familier des machines.

La gaieté rayonne sur les visages ; l'entrain est partout... et les appétits sont excellents. Le temps, il est vrai, n'a cessé d'être idéal et la mer des plus clémentes pour les passagers, une mer à peine houleuse sous de légers souffles ; étincelante, le jour, des reflets d'un éblouissant soleil, le soir, des clartés de mille étoiles, et qui même une nuit leur réserva un curieux et assez rare spectacle... celui d'un embrasement général. C'était à la hauteur de Gibraltar. Le crépuscule se mourait. Il n'en restait plus à l'horizon qu'un large ruban mauve ; puis l'obscurité se fit. On vit alors s'illuminer l'immense nappe liquide. Le navire, à ses lignes d'eau, paraissait entouré de flammes. Les crêtes des vagues projetaient des feux de tous côtés... La mer était phosphorescente.

....

Le surlendemain, les Nurène débarquaient à Lisbonne, et peu de jours après, arrivaient en automobile à leur chalet du Lavandou.

Le vieux Pascal les attendait à la grille avec le petit Edmond qu'il était allé, sur un télégramme de Mme Desminières, chercher en toute hâte à Cannes.

Ce que fut la désolation de la grand'mère à la seule pensée du départ de l'enfant, on se l'imagine aisément. Le départ de l'enfant, c'était le rayon de soleil qui s'évanouissait.

La grande maison allait retomber dans son silence, dans sa tristesse, la maison qu'il emplissait si gaiement de son entrain, de ses jeux !

Le petit lit allait rester vide, où chaque soir elle le couchait, le drapait avec amour et ne le laissait qu'après l'avoir endormi d'une chanson, où chaque matin elle le réveillait d'un baiser.

Plus de ces flâneries sur le bord de la mer et dans la belle rue d'Antibes où elle s'amusait de ses petits cris d'enthousiasme à la vue des grands bateaux et devant les attirantes vitrines des magasins de jouets.

On ne monterait plus ensemble à la Californie où il s'élançait sous bois et en revenait avec des brassées de bruyère rose et blanche.

Plus de promenades aux champs. Elle ne le verrait plus, tel un jeune chevreau, prendre ses ébats dans les prés et les sentes fleuries.

Plus de ces longues stations au Jardin de la Ville où elle le menait à de gentils camarades, heureuse elle-même dans ce milieu plein de calmeurs joyeuses, de bruits d'oiseaux, ne se plaisant pas seulement à voir courir les enfants, les observant, écoutant leur babil. Que de petites réflexions charmantes souvent, que de réparties inattendues a-t-elle ainsi surprises ! Que de taquineries aussi, que de malices suivies de répliques et dégénérant parfois en querelles, voire en échange de tapes rageuses ! Mais alors elle intervenait, faisait se tendre la menotte ou s'embrasser les mignons antagonistes, et le jeu de reprendre...

Elle se munissait bien d'un livre toujours, mais ne lisait guère, ses regards allant plutôt à ces têtes blondes ou brunes qui s'agitaient autour des plates-bandes, à ces minois roses éclairés d'yeux pétillants, qui la distrayaient de ses peines.

Combien d'autres regrets encore éveillait en son âme affligée le départ du chérubin ! Elle ne l'aurait plus à ses côtés le dimanche à l'église où pour le tenir bien sage pendant la messe, elle lui donnait à regarder les images de son missel... Elle ne l'aurait plus à ses genoux, le matin et le soir, faisant, les petites mains jointes, sa prière au bon Jésus... Elle ne le guetterait plus en extase près de la cheminée devant les belles choses dont le père Noël garnissait sa sandalette...

De le voir, de l'entendre, de le combler de caresses, lui rafraîchissait le cœur... Et tout cela, tout cela disparaîtrait avec le cher oisillon !... Mais ce n'était pas assez pour elle d'en avoir une immense peine. Une vague inquiétude l'étreignait : Quel accueil allait faire à son petit chéri la nouvelle comtesse, sa belle-mère ?...

Un matin, en rentrant du jardin, l'enfant la surprit les joues sillonnées de pleurs, affaissée dans sa bergère et tenant dépliée à la main une dépêche de la Poste :

— Papa est arrivé !... Je vais donc te quitter, pauvre Bonne-maman !

Et dans un élan de tendresse caressante, il se suspendit au cou de sa grand'mère et unit sa douleur à la sienne.

Il entrait alors dans sa septième année.

— Je reviendrai souvent, lui murmura-t-il pour la consoler... Tu viendras nous voir aussi ?...

Elle le tint longuement serré contre sa poitrine et

le couvrit de baisers ; puis, se dégageant doucement de l'affectueuse étreinte, elle alla, trébuchant presque à son bureau — un petit bureau en bois de rose d'une forme exquise qui reçut ses confidences de jeune fille, de jeune femme — et rédigea le télégramme à Pascal.

....

Le lendemain, Pascal venait se mettre à ses ordres.

— Le comte est à Marseille, lui dit-elle avec cet air de sérénité triste qui était son expression habituelle, il sera demain au Lavandou et désire y trouver Edmond. Je n'ai pas le courage d'accompagner l'enfant. Vous le lui conduirez.

Il fallait qu'elle l'eût en bien grande estime pour lui confier ainsi « son trésor ». C'est qu'elle le savait d'un dévouement à toute épreuve et si doux, si affectueux !

Il était de ces serviteurs aussi fortement attachés à la famille « que les murailles au domaine » et comme il ne s'en rencontre plus guère.

Sans parents au monde et constamment rebelle au mariage, il avait trouvé, à servir d'excellents maîtres, le peu de joie, le rien de bonheur nécessaire à sa vie.. Au fait, nous ne croyons pas vous avoir encore dit son histoire :

Pascal était un enfant abandonné et recueilli un jour sur la porte d'une église de village. Une âme compatissante, une pauvre veuve consentit à s'en charger, l'éleva pieusement, et à sa sortie de l'école paroissiale, le plaça comme apprenti dans un atelier.

Mais il eut presque aussitôt le malheur de perdre la « maman » — comme il l'appelait — qui veillait sur ses tout jeunes ans.

Il avait fait la connaissance de mauvais camarades de son âge, et il en était résulté dans son service des écarts répétés qui lui avaient valu d'être réprimandé, puis rapidement pris en grippe par son patron.

Celui-ci était brutal et accompagnait de coups ses remontrances, se plaisant par surcroît à lui rappeler en termes humiliants sa naissance, à tel point qu'excédé, Pascal s'enfuit un jour et se lança sur la grand-route, n'ayant en poche que sa modeste dernière paie, ne s'arrêtant dans les villages que le temps de s'acheter du pain, couchant à la belle étoile sous un ciel heureusement alors des plus cléments, et si enivré de sa liberté qu'il ne s'était même pas préoccupé de ce qu'il deviendrait... Il allait devant lui...

Mais la réalité ne tarda pas à l'étreindre lorsqu'il se sentit le gousset vide et de plus en plus creux l'estomac. Tenté alors par les fruits qui doraient les champs, il fut surpris à l'instant où, sur les terres de Valmerive, il dévorait des pommes et les mangeait sur place gloutonnement.

Ne pouvant se fier, dans l'état de faiblesse où il se trouvait, à la vitesse de ses jambes, il se laissa docilement appréhender.

Le maître du domaine et sa fille en promenade à la campagne, passaient aux environs quand ils entendirent les cris du garçonnet mêlés à la voix grondeuse du fermier. Ils s'approchèrent.

— Pardon ! gémissait le pauvret tout tremblant... J'avais faim... Ne me faites pas jeter en prison... J'avais faim, ne cessait-il de répéter... J'avais faim.

Une telle douleur contractait ses traits que la jeune femme en eut pitié.

— Qu'on ne le conduise pas à la police. Je demande sa grâce, dit-elle à son père, tandis que deux yeux humides chargés de gratitude se levaient sur son visage d'une attirante douceur... Interrogez-le ; peut-être n'est-il que malheureux.

Le petit vagabond, alors un peu rassuré, raconta

sa triste enfance, puis les intolérables brutalités de son patron et sa fuite brusque, irréfléchie, dans un moment de souffrance exaspérée.

— J'ai été élevé dans des sentiments honnêtes, ajouta-t-il avec un accent de sincérité frappant, et je n'ai jamais failli, Monsieur, que tout-à-l'heure, lorsque... me sentant tomber d'inanition... j'ai commis la faute...

Et sa voix s'éteignit dans un sanglot.

— Promets-tu, reprit sa charmante protectrice, de ne plus retomber dans cette vilaine faute, d'être un bon petit travailleur, probe et docile ?

— Oh ! oui, oui, Madame, de tout mon cœur reconnaissant je vous le promets.

— Eh bien, nous te gardons, décida le général qui, sous des dehors un peu rudes, cachait une grande bonté.

Et se tournant vers le fermier :

— Je ne le crois coupable, fit-il, que d'un égarement passager. Soyons généreux, mon ami. Vous le prendrez avec vous. On l'emploiera aux champs. Nous en ferons, je l'espère, un brave garçon.

Et plus tard, il bénit Dieu de sa charitable inspiration. Il avait fait de Pascal un paysan exemplaire, puis un serviteur d'élite, et enfin l'homme de confiance à qui le comte de Nurène, à son départ pour le Brésil, laissait la garde de son chalet.

La jeune femme qui était si heureusement intervenue en faveur de Pascal, n'était autre que Mme Desminières, mariée alors depuis peu et qui se trouvait auprès de son père en villégiature. Elle savait donc à quelles mains sûres elle allait remettre son Edmond pour le voyage du Lavandou.

La vaillante chrétienne s'était résignée à la cruelle séparation. Mais lorsqu'à la portière du wagon, au moment où dérapait le train, elle aperçut son petit chéri qui lui faisait de ses menottes, en sanglotant, des signes d'adieu, elle en reçut un coup au cœur dont elle devait bientôt se ressentir.

VIII

Sans connaître son père qui l'avait quitté pour une longue absence alors qu'il était encore au berceau, Edmond avait appris, grâce aux délicates attentions de sa grand'mère, non seulement à l'aimer, mais à se pénétrer de ses traits devant une photographie parlante du comte. Aussi l'enfant se montrait-il impatient de le voir, de l'embrasser, quand l'auto parut.

Tout de suite il le reconnut :

— Papa ! mon papa, s'écria-t-il,

Et sous l'impulsion de sa nature sensible et très affectueuse, il s'élança vers lui et se jeta câlin, à son cou.

L'Ingénieur le serra dans ses bras, puis le considérant avec une orgueilleuse tendresse :

— Comme il est mignon !... Tout le portrait de sa pauvre mère !... se murmura-t-il à lui-même, visiblement ému.

Par une secrète intuition de son âme en éveil, il n'avait pas exprimé tout haut sa remarque.

Juana, cependant, derrière qui se tenait blotti le petit Henry, les observait, silencieuse.

Il prit aussitôt Edmond par la main, et le conduisant à sa femme :

— Ta seconde maman, lui dit-il... et le petit frère que nous t'avons donné. Tu les aimeras bien, n'est-ce pas ?

Timidement alors le garçonnet tendit son front auréolé de boucles blondes.

Sa belle-mère l'effleura d'un baiser ; d'un de ces baisers où le cœur ne se livre pas, si froid qu'Edmond, sans plus attendre et avec la spontanéité qu'apportent les enfants à leurs gentilles effusions, courut au petit Henry et à la grande joie de leur père, le caressa, puis, impatient de l'amuser, l'entraîna au jardin.

Juana les suivit des yeux, les sourcils légèrement froncés.

Le comte s'en aperçut.

Il n'eut pas de peine à pénétrer la cause de son trouble :

— Elle est jalouse d'Edmond !

Et il en demeura péniblement affecté.

La perspective de ce premier contact n'avait pas laissé de le préoccuper. Il s'était cependant bercé de l'espoir que tout irait au gré de ses désirs. Il s'était trompé.

— Déception... grosse de soucis ! soupira-t-il. Dieu nous préserve d'en souffrir !

Très doux, faible de caractère, sa femme avait pris sur lui un réel ascendant, mais elle l'aimait, et il ne pouvait supposer qu'elle lui demandât de se séparer d'un fils dont il était déjà resté bien longtemps éloigné. La place d'Edmond était au foyer paternel... Si cependant sa présence allait devenir un sujet de tiraillements, de discorde conjugale !

— Non. Dieu ne le permettra pas, songea-t-il en bon chrétien qu'il s'était toujours montré.

Et la pensée consolatrice lui vint que la docilité de l'enfant jointe à la vive affection dont il entourait son cadet, toucherait le cœur de sa Juana et saurait triompher de ses préventions.

Pressé de la distraire, de se distraire lui-même de ces fâcheuses impressions.

— Venez, lui dit-il gracieusement, que je vous fasse maintenant les honneurs de votre nouvelle résidence.

Il passa son bras sous le sien et ils s'engagèrent dans l'allée des mimosas.

Tout les sollicitait, les enchantait, tout semblait

leur faire fête. Elle ne pensait plus qu'à s'extasier sur le délicieux cottage.

— Mais pourquoi donc, questionna-t-elle tout-à-coup, redevenue souriante, lui avoir donné ce nom bizarre de « Ko-kély-ko ? »

— Une idée de l'aïeul de la défunte comtesse, qui l'a créé. Elle lui serait venue le jour où il en choisissait l'emplacement, à la vue de la véritable nappe enflammée de... coquelicots qui recouvrait le terrain. Et comme il avait voyagé en Extrême-Orient, tenant à un nom exotique, il « indo-chinoisa » — pardon du mot — celui de l'humble fleur.

...Déjà ils étaient rendus au bas du perron.

Ils en gravirent les marches, et parvenus à la terrasse, Juana s'arrêta quelques minutes en contemplation devant le paysage qui se déployait lumineux, captivant, sous ses yeux.

Elle était arrivée par un temps de mistral, et il ventait assez frais ; mais le ciel, la mer étaient si merveilleusement bleus !

— Du petit belvédère, au-dessus du toit, où nous monterons plus tard, la vue s'étend bien au-delà, jusqu'aux Iles d'Or autour desquelles vous verrez souvent évoluer nos Escadres, lui dit le comte... Entrons, voulez-vous ?

Elle trouva tout d'une élégance, d'une harmonie, d'une décoration exquise. Des rayons de soleil glissant des vitrages se jouaient aux tentures, zébraient les tapis, effleuraient les meubles, illuminaient les cuivres, se faufilaient aux étagères parmi les bibelots, éclairaient gaiement toutes les pièces.

Dans la chambre d'Edmond avait été transporté le portrait en pied de sa mère, dû au pinceau d'un peintre en renom ami de la famille.

Après une seconde d'hésitation, M. de Nurène en poussa la porte.

— La première comtesse sans doute ? fit-elle en désignant le tableau.

Elle s'attacha moins à la régularité du visage — sa beauté n'avait pas à l'envier — qu'à la distinction et à la finesse d'expression qui animait l'admirable toile.

— Edmond lui ressemble, se borna-t-elle à dire froidement, en se retournant pour sortir.

Là se termina la principale visite qui ne pouvait être d'ailleurs que rapide et superficielle.

Le comte descendit donner des ordres, et Juana se retira dans son appartement.

Il y flottait un suave parfum d'œillets dont le vieux Pascal avait eu la délicate attention de garnir les vases de Sèvres de la cheminée. Elle y demeura cependant insensible. Il ne lui vint pas davantage à l'idée d'admirer le mobilier d'un goût parfait et tout en thuya de sa belle chambre.

Elle s'étendit à demi sur le sopha parmi des coussins de Chine, un peu dépaysée, contrariée, toute pensive.

Elle songeait surtout à Edmond.

Oui, le petit Edmond — du premier coup d'œil elle s'en était aperçue — n'était pas seulement très gentil ; il avait la mine plus éveillée, les traits plus affinés, le corps plus svelte que son Henry, bien mignon lui aussi mais dont l'embonpoint exagéré qu'il semblait tenir de son grand-père Terreno, la désolait... Et puis, Edmond était riche, considérablement riche, plus que ne le serait jamais son enfant. La fortune de sa mère — mariée, lui avait appris le comte, sous le régime dotal — lui était échue tout entière, et il était l'unique héritier de son aïeule de Cannes.

De tout cela, son orgueil maternel s'était froissé. Son accueil s'en était ressenti, et elle en subissait encore la pénible impression quand de dehors des clameurs joyeuses se firent entendre. C'étaient les deux petits frères qui prenaient leurs ébats sous ses fenêtres.

IX

C'était plaisir de les voir s'amuser ou bras dessus bras dessous se promener parmi les plates-bandes.

L'aîné, blond comme son père ; le cadet, brun comme sa mère. Le premier, vif, alerte, remuant ; le second, indolent, un peu lourd mais se mettant vite « dans le mouvement » lorsque le jeu lui plaisait.

Leur instinctive sympathie s'était promptement transformée en une affection ardente. Ils ne pouvaient plus se passer l'un de l'autre.

L'allée des mimosas et le jardin étaient leur domaine de prédilection. Ils y eurent bientôt leurs coins favoris. C'est ainsi qu'après les courses échevelées, ils aimaient à venir s'étendre sous un bosquet de lilas, près d'une statue de la Vierge qui toujours les accueillait de son doux sourire.

La première fois qu'il y conduisit Henry :

— C'est la maman du petit Jésus, c'est la mienne aussi, lui dit Edmond.

— C'est vrai que ta maman est morte, répondit son petit frère en l'embrassant.

Les haltes de repos sous les ombrages étaient généralement très brèves ; puis, tels de jeunes faons, ils reprenaient leurs folles gambades parfois coupées d'arrêts brusques, lorsqu'ils entendaient ronfler un hydravion, pour, le nez en l'air, suivre le vol rapide de la « grande sauterelle » au corselet luisant; ou bien ils couraient au verger, à la treille et se faisaient la courte échelle pour atteindre la branche ployante sous le poids des fruits, le raisin doré parmi les feuilles couleur de rouille.

Leur entente, cependant, n'allait pas toujours, on le pense bien, sans heurts ni disputes. Quels enfants, entre deux amusements, ne se querellent, ne se battent même parfois ?

Quand les choses se passaient loin de la maison, vite la paix se rétablissait, vite on redevenait bons amis. Mais qu'un cri de colère d'Henry, qu'une crise de larmes surtout parvînt aux oreilles de sa mère, Dieu garde ! comme disait le vieux Pascal, Mme de Nurêne accourait et d'emblée donnait tort à l'aîné, le grondait vivement.

Ce n'était pas qu'elle le maltraitât au sens brutal du mot. Sa mauvaise humeur ne se traduisait que très exceptionnellement par des taloches ; le souvenir des vilaines heures de son enfance à la ferme de ses parents retenait la plupart du temps sa main.

Mais elle le faisait souffrir de ses procédés injustes, de ses préférences pour Henry — l'idole à laquelle il ne fallait pas que l'on touchât — préférences qui pour se justifier dans une certaine mesure, n'en étaient pas moins excessives, souvent même criantes.

Tout petit qu'il était, Henry eut tôt fait de remarquer de quels trésors d'indulgence il était l'objet... et, de même que tout enfant, il ne se privait pas d'en abuser. Mais comme il aimait — sa bonne petite nature le sentait bien — ce grand frère qui « faisait ses quatre volontés », sans cesse il le recherchait — ce qui ne souriait que médiocrement à sa mère jalouse de ne partager qu'avec son mari la tendresse du petit chéri.

Edmond, en dépit de sa douceur, ne supportait pas toujours sans regimber les remontrances et les corrections de sa belle-mère. Mais il en gémissait surtout en silence, prenant beaucoup sur lui pour éviter de la peine à son père qui par faiblesse — il s'en était bien aperçu ; les enfants sont plus observateurs qu'on ne le croit — n'osait intervenir en sa faveur et en souffrait.

Malheureux, cependant, le comte ne l'était pas. Comme à Rio, l'union, dans le cadre enchanteur de la Côte d'Azur, régnait à son cher foyer. Pourquoi fallait-il que sa femme eût en si persistante antipathie son Edmond !

Mais il s'était laissé dominer par elle et ne se risquait pas à l'affronter.

Un jour pourtant qu'en sa présence elle malmenait l'enfant, il n'avait pu retenir un reproche.

— On voit bien, lui jeta-t-elle d'un ton sec, que le fils de la première comtesse... et sa mère vous tiennent plus au cœur que notre Henry... et moi.

Il aurait pu lui répondre :

— Vous vous trompez, ma Juana. Pour demeurer attaché à un passé qui m'est cher, je ne vous en aime pas moins, je n'en aime pas moins notre Henry. Vous m'aimez aussi, je le sais ; mais vous seriez si bonne de reporter sur mon petit Edmond un peu de l'affection que vous témoignez à son père...

Il se tut, par crainte, s'était-il donné en excuse à lui-même, de l'irriter au détriment de l'harmonie du ménage.

Et il continua de se taire... et Edmond de pâtir.

Mais le moment vint où il fallut songer aux études du garçonnet.

Le comte lui eût fait volontiers donner au chalet ses premières leçons. Il l'eût ainsi gardé deux ou trois années encore près de lui et de son de plus en plus inséparable petit frère. Mais il pensa qu'il valait mieux le soustraire à l'aversion dont semblait ne pouvoir ou ne vouloir se départir sa belle-mère, et il l'envoya en pension à Toulon. Il aurait du moins de fréquentes occasions de visiter l'enfant lors de ses tournées sur la ligne du P. L. M. dont il était devenu l'un des Ingénieurs.

Grande fut la désolation d'Henry de voir s'éloigner son intime compagnon de toutes les minutes. Il s'en montra tout désorienté, tout attristé ; mais sa mère, pour le consoler, multiplia ses promenades. Elle l'emmena chaque jour — si doux est l'automne en Provence ! — construire des forts, comme en été, sur le bord de la mer. Elle réunit souvent au chalet ses petits amis, et aux heures où il se trouvait seul, elle le distrayait de jouets nouveaux ou lui lisait des Albums d'images.

Avec quelle exubérante joie, malgré tout, il accueillait Edmond à chacune de ses vacances ! Joie bien partagée par celui-ci, mais que ne tardait pas à traverser l'humeur de la comtesse.

Plus en effet grandissaient les enfants, moins semblait désarmer, bien qu'elle s'en accusât vis-à-vis d'elle-même, la jalousie de Juana. Elle s'y sentait entraînée comme par une force irrésistible dès que réapparaissait Edmond. Les différences entre les deux frères, tout à l'avantage déjà de l'aîné, étaient encore devenues plus frappantes, et son dépit s'en était accru.

Edmond croyait lire parfois comme de la haine dans ses yeux, et il s'en affectait d'autant plus qu'il s'appliquait, par sa douceur et sa déférence, à ne lui donner aucun sujet de mécontentement. Aussi bien son âme très sensible s'était-elle peu à peu acheminée vers la tristesse ; et n'était le plaisir de se retrouver avec son père et le petit Henry, il eût souhaité de pouvoir se passer de ces libertés scolaires dont raffolent pourtant on sait comme les collégiens.

Le chalet ne l'attirait plus, et il y revenait sans enthousiasme, n'ayant même plus la ressource, sa grand'mère étant morte, de partager entre Cannes et le Lavandou ses vacances.

Il s'attachait alors à divertir de son mieux son petit frère toujours bien volontaire mais bien cher toujours, même en des jeux qui avaient cessé d'être de son âge.

Il se plaisait surtout à l'emmener dans ses promenades à bicyclette — heureuses détentes qu'il s'offrait chaque jour. Rien ne lui était d'ailleurs plus agréable que de se sentir fouetté par l'air vif de la plaine et des hauteurs.

On zigzaguait en bavardant, en fredonnant de naïves chansons ou en sifflotant, à petite vitesse d'abord, par les étroits sentiers, puis à plus vive allure sur la grand'route jusqu'au bas de la colline.

On entrait alors sous bois et dans le feuillage, aussitôt, palpitaient des bruissements d'ailes : comme des traits d'ombre, rapides, effarouchés, un merle, un pinson s'enfuyaient vers les profondeurs du fourré. Entre temps, on avait mis pied à terre, et poussant à ses côtés, péniblement parfois, le « cheval d'acier », on grimpait les roidillons.

Rocailleux et durs, ces roidillons qui en serpentant fuyaient entre les futaies, mais combien riants de fleurettes sauvages, combien embaumants de thyn, de romarin et, suivant la saison, de menthe, de lavande, de clématite, de genêts !

Par instants, vers la cime des grands arbres qui dentelaient le ciel bleu, Edmond relevait son clair regard ; puis embrassant avec une émotion contenue toute cette nature si prenante : « Que la Création est belle ! » murmurait-il.

Mais à ces randonnées en plaine ou en forêt, Edmond préférait les ombreuses stations du bord de la mer.

Comme l'oiseau blessé cherche la solitude, il s'enfonçait sous les pinèdes toutes proches jusqu'aux falaises à pic de la côte. Et là, assis sur une pierre, les coudes sur ses genoux, le menton sur ses mains jointes, les yeux fixés sur la petite calanque qui, à l'abri du vent, sommeillait entre ses rives légèrement clapotantes, il s'absorbait dans la contemplation des jeux de lumière sur l'onde miroitante ou suivait machinalement le vol d'une mouette autour d'un bateau de pêche relevant ses filets.

Il avait une prédilection marquée pour cette délicieuse retraite, bien qu'elle lui rappelât une heure particulièrement douloureuse de son enfance. C'était peu après son entrée au Collège, au cours d'une de ses vacances, un jour que sa belle-mère était allée avec Henry faire des emplettes à Hyères. Il y venait pour la première fois, conduit par son père. Il faisait un temps à souhait. C'était partout sur le rivage un ruissellement de lumière et de joie... dont ne rayonnait cependant pas leur visage. Ils ne se parlaient guère. Ils s'écoutaient penser.

Le comte se reprochant soudain son peu d'expansion, lui avait dit avec tendresse :

— Tu n'es pas gai, mon pauvre petit. Je ne devine que trop la cause de ton chagrin.

Et retenant ses larmes, il lui avait répondu :

— Tu en as, du chagrin, toi aussi, je vois bien, papa chéri.

— Oui, mon Edmond, du peu de sympathie que continue de te témoigner ta belle-mère. Mais Dieu finira par toucher son bon cœur qu'aveugle et qu'excuse un excès d'amour maternel.

— Ne te tourmente pas, je t'en supplie.

Et s'approchant de son père, il l'avait embrassé, profondément ému.

Puis tous deux s'étaient épanchés en une intime et longue causerie.

Un soir qu'Edmond — alors dans sa quinzième année — s'abandonnait comme de coutume en ce coin de nature sauvage à la paix des grands espaces familiers, ses rêveries se faisant de plus en plus tristes, le désespoir le prit.

— Qu'il est donc à plaindre, gémit-il, l'enfant qu'une mère n'a pas bercé de ses caresses !

Et ses yeux se reportant sur le minuscule rocher de la Fourmi perdu dans l'immense rade de Bornes, il murmura dans un sanglot :

— Voilà l'image de ma vie : l'isolement.

Mais vite il se reprocha ce moment de faiblesse, et s'armant de courage et de résignation, s'exhorta — pour ne pas augmenter la muette souffrance de son père — à la patience envers sa belle-mère.

A ce bon mouvement était d'ailleurs venue s'ajouter une réconfortante perspective, celle des compensations qu'allait bientôt lui assurer la carrière de la marine qu'il s'était choisie et à laquelle le conduiraient, il l'espérait du moins, ses excellentes études.

Quant à Henry, il reçut d'abord au chalet des leçons d'une institutrice, puis, grandet, d'un précepteur, car la comtesse n'avait voulu à aucun prix se séparer de son fils ; elle tenait à le garder accroché à sa jupe, à le couver constamment des yeux comme la chatte son petit.

Mais très gâté toujours, il était, en dépit des représentations de son père, des plus négligents. Le « feu sacré » jamais ne lui vint. Jamais il n'avait aspiré à conquérir le moindre diplôme, si bien que parvenu à l'adolescence, rebelle à toute occupation sérieuse, capricieux, désœuvré, tel au fond que peut devenir un jeune homme dans un milieu d'adulations et de complaisances soumises, il se jeta dans le sport et le tourbillon des plaisirs mondains.

Il put, un temps, soutenir pareil train grâce aux libéralités de sa mère et à la grande indulgence paternelle. Mais il advint que l'Ingénieur fatigué d'un service plus actif qu'il ne l'avait supposé au P. L. M., résolut non sans un vif regret d'abandonner ses fonctions.

Il venait un matin de descendre à son cabinet de

travail, petite pièce du rez-de-chaussée où il se tenait des heures entières et qui avait tout d'ailleurs pour le retenir : sobrement mais élégamment meublée avec de claires tentures, elle s'ouvrait sur la terrasse et de là sur la riante perspective du jardin et des pinèdes littorales. Le soleil y entrait à pleins rayons l'hiver et tamisé l'été par le feuillage d'un bel acacia. Sur la cheminée, une garniture superbe : le Syhinx flanqué de deux obélisques couvertes d'hiéroglyphes, le tout en onyx et bronze artistement assemblés. Sur la table, une potiche de Copenhague toujours discrètement fleurie, et en face, une bibliothèque dont les livres choisis et richement reliés faisaient l'admiration des visiteurs du chalet. Mais ce qui frappait le plus, c'étaient les lumineuses toiles qui décoraient les panneaux — des paysages champêtres, deux ou trois « Marine » d'Edmond et une très jolie aquarelle de la baie de Rio-de-Janeiro.

C'était en cet attrayant retiro qu'il recevait ses amis et aussi les fermiers du domaine, ceux-ci et ceux-là avec la même affabilité, car il n'avait pas cette expression distante qui souligne le rang et qui froisse.

Le comte approchait alors la cinquantaine.

Assis à son bureau, le front appuyé sur une de ses mains, il lisait une Revue. Le jour donnait en plein sur son fin visage halé par l'air vif, aux traits empreints d'une grande douceur et d'un charme prenant.

Mince de corps, il était d'allure jeune encore bien que ne témoignant guère d'un allant physique et remarquable — il ne pratiquait, en fait de sport, que la « bonne petite chasse provençale » le long des haies ou à l'orée des bois, dans les environs de la propriété ; c'était depuis sa prime jeunesse sa plus chère distraction en même temps qu'une agréable diversion à la dévorante activité de son esprit.

Doué d'une rare intelligence et d'un caractère posé,

non moins épris des lettres — il avait même gardé en son âme un grain de poésie — que des sciences, il ne se plaisait, hors des douces réunions familiales, qu'au milieu de ses livres.

Il ne faisait partie d'aucun Cercle, d'aucune Association bien que la bourse toujours ouverte aux œuvres humanitaires, et n'était qu'un mondain de circonstance.

Sa pensée soudain se détacha de sa lecture, et un pli de souci lui creusa le front. Il venait de songer à Henry.

Certes il aimait son Henry et n'avait jamais eu qu'à se louer des affectueux sentiments de son fils cadet. Mais il avait souffert de son existence de farniente élégant, et il en souffrait encore, se reprochant une fois de plus sa faiblesse, ses complaisantes largesses pour l'enfant gâté.

Mais ces largesses, il allait falloir y renoncer... et il prévoyait le désappointement, peut-être même une scène très pénible du jeune homme.

Il se demandait s'il ne reculerait pas le moment de le lui apprendre, lorsqu'un bruit de pas dans le jardin lui fit lever les yeux, et il le vit qui rentrait de la ville, joyeux et de l'air d'un garçon dont rien jamais ne trouble l'insouciance.

Il le héla.

— Entre un instant. J'ai à t'entretenir...

— D'une chose grave ?... Sur ton visage, mon cher papa, je le vois.

— Grave ? non, mais sérieuse et qui t'intéresse particulièrement.

— Un projet d'hyménée ?

— Non. Ecoute-moi.

La figure d'Henry en perdit du coup sa gaieté.

— Je ne suis plus ingénieur à la Compagnie.

— Ah !

— Ma santé se ressent d'occupations trop assujettissantes. J'ai remis ma démission. Voilà donc mes revenus considérablement réduits... et il te faudra mettre une sourdine à tes habitudes très coûteuses.

Jamais le comte n'avait parlé de ce ton ferme à son fils. Celui-ci en demeura muet de surprise.

Son père ajouta :

— Veux-tu que nous te procurions une situation qui te dédommage de ce dont je me vois obligé de te... sevrer ?

Henry se cabra comme le poulain à qui le premier jour on passe le harnais.

— Et quelle situation ? jeta-t-il dédaigneusement, un peu de fébrilité dans la voix... Commis dans une Administration peut-être ?

— Et pourquoi pas ?

— M'enfermer dans un bureau, moi qui n'ai vécu, qui ne puis vivre que de grand air et de mouvement !

— Soit. Aussi bien n'avais-je pas songé à cet emploi ; mais il en existe qui te laisseraient quelque liberté tout en étant rémunérateurs...

— Non... rien qui m'enchaîne le moindrement.

Et le comte de se départir de son calme :

— Eh bien, mon fils, tu mettras à tes folles dépenses un frein forcé.

A cette riposte d'une vivacité et d'une énergie si imprévue. Henry se ressaisit et d'un accent moins revêche :

— Voyons, père. Nous avons d'immenses propriétés. Ne serait-il pas possible, au lieu de me condamner à une nouvelle vie dont je ne saurais que pâtir, de compenser cette diminution de tes ressources par... une vente de terrains... en attendant que je fasse un riche mariage ?

— Mais le domaine, tu l'oublies donc, nous te l'avons dit pourtant, appartient à Edmond... et je doute fort que ton frère consente à en aliéner un hectare pour dorer tes plaisirs.

Henry fronça les sourcils. Il allait répliquer. Le respect le retint... le respect et aussi une idée qui tout-à-coup surgissant dans son esprit, l'avait rasséréné.

— Les choses pourront s'arranger, se dit-il.

Et sans un mot de plus, il monta à la chambre de sa mère.

X

Entre temps s'étaient installés non loin du chalet, dans une de ces maisons confortables mais lourdes d'aspect qui ne sont que des « bastides » et ont des prétentions de villas. Delmonte et sa fille Inès.

L'Italien était veuf et venait du Brésil.

Delmonte était arrivé à Rio-de-Janeiro bien avant le mariage des Nurène et y avait ouvert un Cabinet d'affaires où avec un sens inné des « occasions », un flair surprenant des ventes, des locations, des marchés et une très grande habileté à en tirer profit, il s'était promptement enrichi.

Il avait vu intérêt à fréquenter le monde et s'était peu à peu glissé dans les salons où son assez élégante tournure sinon la distinction de ses manières, jointe au prestige de la fortune, lui avait aisément et sans méfiance donné accès.

C'est ainsi qu'il avait connu les Lannunez et qu'épris de la charmante Juana, il avait songé à demander sa main en dépit de tout ce qui s'était chuchoté non sur sa dignité d'épouse mais sur son amour de luxe et même sur la mystérieuse mort du banquier — il est vrai que sur ce dernier point il savait à quoi s'en tenir... — Mais n'anticipons pas.

Si aimablement qu'elle l'accueillit, il n'avait pas mis longtemps à s'apercevoir qu'il lui était indifférent et qu'elle se montrait plus sensible aux attentions d'un ingénieur — un Français — venu depuis peu au Brésil.

Tout bien et froidement calculé d'ailleurs, il n'avait regretté qu'à demi de n'avoir pas lié sa vie à cette femme intelligente qui pouvait un jour se révéler perspicace.

Il n'en fut pas moins fort vexé et se promit de se venger de son rival. Mais il sut dissimuler, assista même au mariage de celle qu'il aimait, et entretint par la suite avec les Nurène des relations en apparence sympathiques encore qu'espacées.

Une occasion d'assouvir sa rancune s'était présentée, on se le rappelle, à Rio. Il en recherchait une autre quand une circonstance imprévue, heureuse, détourna son esprit de l'infernale pensée qui le hantait.

En face de sa maison habitaient la veuve d'un commerçant espagnol et sa fille.

Elles semblaient jouir d'une certaine aisance. Elles occupaient un petit appartement au deuxième étage d'un bel immeuble, et leur mise, encore que non marquée toujours au coin de la dernière mode, était des plus soignées.

Sonia Palmaros avait légèrement dépassé vingt-cinq ans. Elle était loin d'avoir la beauté de Juana, mais dans son visage aux contours délicats, radieusement illuminé de ses yeux d'Andalouse, quelle expression d'attirante douceur ! et que de grâce en toute sa personne !

Delmonte se plaisait à la contempler lorsqu'elle venait s'accouder à sa fenêtre en quête d'un peu de fraîcheur, sur la fin des après-midi, le regard embué de rêve, à peine distraite par l'animation de la rue. Elle avait sans doute en tête l'idéal de mari que se fait toute jeune fille de son âge.

Mais cet idéal avait pris figure ? Delmonte ne le pensait pas. Si elle aimait et était aimée, sa physionomie n'eût-elle pas dépouillé la mélancolie dont il la voyait constamment empreinte ?

Il lui parut bientôt qu'elle n'ignorait plus le sentiment qui le portait vers elle et qu'elle y répondait... Télépathie ?... Mais comment s'en assurer ?

Il s'arma de courage, et un matin que Sonia rentrait de la messe — il la savait pieuse — l'ayant vue se diriger plus d'une fois, le missel à la main, vers l'église — il se risqua, timide, à l'aborder.

Il ne la retint d'ailleurs qu'une minute, s'excusa de sa hardiesse et sollicita la permission de se présenter à sa mère.

Elle y consentit, et ils se séparèrent, souriants et la joie au cœur.

Peu après, ils se mariaient.

Enveloppé d'une tendresse attentive, tout à un bonheur qui le déconcertait et qu'allait accroître la venue d'une fillette. Delmonte en avait presque oublié son passé... mouvementé. Il est des moments où les bons sentiments submergés par les mauvais instincts ou les pires fréquentations, remontent à la surface et rendent l'homme à lui-même. Ainsi sembla-t-il advenir de l'agent d'affaires qui, bon époux et bon père, connut des années heureuses, insoupçonnées.

Un deuil cruel devait cependant le frapper. La fièvre jaune qui, bien qu'ayant perdu son caractère endémique, n'a pas tout-à-fait disparu de ces contrées, lui ravit subitement sa femme.

Tout ce qu'il avait de tendre en son cœur se concentra dès lors sur sa petite Inès, et il se mit à l'aimer en quelque sorte avec passion, d'un amour inconsidéré rappelant celui de Mme de Nurène pour son Henry.

Choyée, adulée, gâtée au-delà de toute expression, habituée à voir tous ses désirs comblés, l'enfant grandissait fraîche et rose comme une fleur vivace des tropiques, lorsque, vers sa seizième année, elle perdit ses couleurs. Sa charmante petite tête s'inclina comme la corolle d'une marguerite qui va s'effeuiller ; elle languit et s'étiola au point que les médecins conseillèrent une cure dans le Midi de la France ou en Italie.

Delmonte, très impressionné, s'affola, et comme il ne pouvait lui venir à l'esprit de se séparer de son Inès, il décida qu'ils quitteraient ensemble et le plus tôt possible le Brésil.

Tout de suite, s'autorisant de leurs relations d'autrefois à Rio, il écrivit aux Nurène pour les prier de lui retenir sur la Côte d'Azur et dans leur voisinage une villa. Puis il mit ordre rapidement à ses affaires et prit passage avec sa fille sur le premier paquebot à destination de l'Europe.

Le comte, à vrai dire, fut quelque peu surpris de cette démarche. Il avait bien connu à Rio l'ancien agent ; mais celui-ci ne lui avait jamais été sympathique et leurs rapports n'avaient été empreints d'aucune cordialité. Il ne pouvait cependant pas se refuser à rendre ce service à un père inquiet de la santé de sa fille.

Il se prêta donc, encore que sans enthousiasme, au désir de Delmonte et se mit à la recherche d'un cottage au Lavandou.

Le seul qui fût à ce moment disponible, à un kilomètre de « Ko-kely-ko », était la bastide dont nous avons parlé, qui transformée sans le moindre égard à l'esthétique, se louait sous le titre pompeux de villa « Canto-Gril »

Les grillons, en effet, de tous les coins du jardin qui la précédait, se donnaient allègrement la réplique, le jour où s'y installèrent les nouveaux hôtes, Inès avec une joie d'enfant et Delmonte heureux de la joie de sa fille.

Le logis, pour inélégante qu'en parût la silhouette, était bien aménagé, meublé avec goût et spacieux. Il avait vue sur la mer. Des roses grimpantes, épanouies toutes ensemble au soleil printanier, montaient à l'assaut de la façade, et, de chaque côté, des chênes aux puissantes ramures qui çà et là, au souffle de la brise, effleuraient les volets, entretenaient en été, dans les différentes pièces, une délicieuse fraîcheur. Les parterres étincelaient de fleurs, et dans l'air lumineux flottait un délicat mélange de parfums des plus suaves.

La bastide ne pouvait être plus plaisante, il n'y manquait qu'une maîtresse de maison.

— Te voilà d'âge à prendre les rênes du ménage, n'est-ce pas, chérie ? lui avait dit son père à leur arrivée à Canto-gril. Aidée de notre bonne Catharina si entendue et si dévouée, la tâche ne sera pas lourde. Nous avons d'ailleurs sur place des ressources qui te la faciliteront : indépendamment de la basse-cour dont elle s'occupera, nous disposerons d'un potager que l'on fera valoir et d'un verger qui promet de nombreux et d'excellents fruits.

Bien des jeunes filles — de toutes jeunes filles surtout comme l'était alors Inès — se fussent montrées fières d'un rôle qui sans les absorber, leur donne de l'importance et les flatte. Elle en accepta la charge sans grand plaisir. Elle ne se sentait aucun goût pour les choses d'intérieur et dès le premier jour s'en remit à Catharina du soin de tous les détails domestiques.

Celle-ci avait été sa nourrice, et n'ayant jamais quitté sa « carissima chiquita », l'avait suivie en Europe.

C'était la femme d'un fermier des Palmaros à Rio, une quarteronne qui, devenue veuve et ayant perdu son enfant, s'était attachée à ses maîtres. Sa fidélité et son dévouement lui avaient valu dans la famille une situation privilégiée, dont, à vrai dire, elle avait parfois abusé.

Très autoritaire, elle parlait aux serviteurs d'un ton sec, les surveillant de près, relevant leurs moindres négligences. Avec cela, une figure peu attirante et des yeux très noirs qui flambaient comme des diamants et lui donnaient l'air dur.

Bon cœur cependant ; ne renvoyant jamais sans un morceau de pain ou quelques sous de son porte-monnaie le pauvre qui sonnait à la grille ; aussi attentive à soigner la femme de chambre ou la cuisinière malade que prompte à la tancer d'importance pour un travail mal fait, et nullement médisante.

Le caractère, par contre, était revêche, revêche au point que Delmonte n'avait pu d'abord la souffrir et avait pensé s'en défaire. Mais l'affection que lui témoignaient Inès et sa mère l'avait retenu... et il n'eut pas à le regretter : à quelles mains plus sûres pouvait-il, à Rio, après la mort prématurée de sa femme pendant ses absences du home, confier son Inès ! Avec quelle satisfaction surtout il avait emmené en France la précieuse servante !

Elle ne se contentait pas de s'occuper des provisions, de régenter la cuisine, de détenir les clefs des armoires à linge ; elle veillait à la propreté de la maison et chaque matin se disputait avec le jardinier dont elle dérobait au hasard des corbeilles les plus belles fleurs pour les porter à Mademoiselle... et Mademoiselle se bornait à les disposer dans les jolies potiches de sa chambre et du salon.

Du petit jour à la nuit, Catherina était sur pied. Et quand après une dernière tournée, rompue de fatigue le soir, elle remontait à sa mansarde, tombant sur sa chaise basse, elle bégayait une dizaine de chapelet — elle avait pour la Madona une dévotion particulière — puis se déshabillait et allait se mettre au lit où presque aussitôt elle s'endormait en rêvant d'Inès, son « enfant », son idole... ou de son marché du lendemain à la ville.

L'abdication d'Inès n'avait pas échappé à son père, mais il n'y avait mis aucune opposition; il ne lui en avait même pas fait la remarque ; à quoi bon ? ne savait-il pas que devant les volontés de sa fille toujours il capitulait ?

L'accueil de Juana et du comte avait été plutôt réservé ; Delmonte ne pouvait pas ne pas s'en apercevoir. Il en conçut du dépit, mais se garda d'en rien laisser paraître ; il tenait trop à se bien poser dans la région et savait que la fréquentation des Nurène si connus et si estimés, était la meilleure des recommandations.

Quant à Inès et à Henry qui étaient du même âge (Edmond se trouvait alors embarqué à Brest et sur le point de quitter la France), ils avaient tout de suite sympathisé ; puis, leur proche voisinage s'y prêtant, ils s'étaient fréquemment rencontrés, et peu à peu, sous le charme de la jeune fille, s'était insinué dans le cœur d'Henry un sentiment plus doux que la bonne camaraderie des premiers jours.

Inès eut tôt fait, sous le ciel si clément de la Provence, au parfum iodé de la brise marine, de se défaire de l'état de langueur qui avait tant alarmé son père. La fraîcheur de son teint, l'éclat de ses prunelles, le coloris de ses joues témoignaient de son retour rapide à la santé.

Elle était toute grâce et toute joliesse, élancée et brune, avec un minois chiffonné éclairé de deux yeux — deux perles vibrantes — où luisait, si l'on peut ainsi dire, la joie de vivre.

On remarquait aussi ses lèvres délicates, d'un rose pâle, au sourire plein de mutinerie ; son nez petit et légèrement relevé comme s'il reniflait le vent, et pour cadre à tout cela, sa magnifique chevelure d'ébène d'où toujours s'évadaient sur le front, sur les tempes, sur la nuque, des mèches émancipées.

Mon bon plaisir ! telle était — elle ne le proclamait pas, mais savait l'appliquer — sa devise.

Est-ce à dire qu'elle ne s'attachait qu'aux choses

frivoles ? Non. Elle était pieuse, comme sa mère, et le curé de la paroisse la comptait parmi les plus zélées de ses Enfants de Marie. Elle travaillait de ses doigts de fée pour les pauvres, allait même visiter des chaumières où elle laissait après elle, avec l'obole coutumière, le réconfort de sa gracieuse bonté. Il ne se donnait pas de fête de charité qu'elle n'y prêtât le concours de son talent de pianiste.

Elle avait pour la musique un véritable culte et en faisait « at home » sa principale distraction. Elle aimait aussi la lecture au frais sous les ombrages du jardin, se partageant entre les bons romans et les livres sérieux de la bibliothèque paroissiale — oui, les livres sérieux, en dépit des étonnements et des petites taquineries des camarades.

En hiver, quand elle ne tricotait pas pour les malheureux, elle prenait une broderie, et assise au coin du feu dans sa coquette chambre bleue, parmi les objets familiers, elle rêvait en lançant les points ; mais il ne fallait pas qu'elle aperçût « Mon Petit Trott » qu'elle avait laissé ouvert sur son bureau à l'intéressante « Histoire de Thérèse », car vite alors elle déposait l'ouvrage et courait à la brochure.

Sa nature vive, alerte, pleine d'entrain, ne raffolait pas moins des réunions mondaines et des sports. Elle entraînait son père aux bals et aux concerts d'Hyères et de Costebelle. Le golf l'y attirait souvent aussi. Elle avait cependant à Canto-gril un tennis ; elle s'en était fait installer un dans une prairie attenante à la villa et s'y livrait avec un petit groupe de fervents, à des parties bien disputées. C'était son jeu de prédilection. Elle y excellait d'ailleurs.

Henry s'y montrait des plus assidus mais non des plus adroits ; il faisait du moins preuve de fréquentes distractions, plus attentif à contempler la souple silhouette d'Inès qu'à surveiller et à parer les balles.

Et son amour, de jour en jour, grandissait.

Y répondait-elle ? A vrai dire, non, encore qu'elle ne fît rien pour le décourager.

Très fine, elle ne voulait continuer de voir que l'aimable voisin en ce jeune homme à la figure poupponne, guère plus dégourdi d'allure que d'esprit et qui ne savait débiter que des banalités. Malgré tout elle le trouvait bon garçon et le voyait avec plaisir, mais elle se tenait, dans leurs quotidiennes relations, sur une discrète et prudente réserve

XI

Edmond, cependant, naviguait.

Il faisait au loin, sur le croiseur-école d'application la charmante campagne traditionnelle.

Le programme du bâtiment comportait l'escale de Rio-de-Janeiro.

On sait de quel chaleureux accueil sont l'objet partout, à l'étranger, nos aspirants de marine. Celui de la capitale brésilienne ne pouvait être plus cordial.

Entre autres manifestations de sympathie, le Sporting-Club de la ville avait donné, dans son luxueux hôtel, un grand bal en leur honneur .

Il n'est pas de cité sud-américaine où soient plus en faveur qu'à Rio notre langue et notre littérature. On peut dire que « la culture intellectuelle y est toute française », c'est du moins l'impression qu'ont rapportée nos jeunes officiers des milieux brillants où ils ont été reçus et se sont trouvés aussi à l'aise que dans des salons parisiens.

Une lettre du comte de Nurène à son fils lui avait appris l'arrivée au Lavandou de M, et de Mlle Delmonte. Mais d'appréciations sur le nouveau venu, pas un mot.

— Silence voulu ?... s'était demandé Edmond.

Il en fut, en tout cas, un peu surpris. Aussi lui vintil à l'idée en causant, à la soirée du Club, avec un Français depuis longtemps établi à Rio, d'amener la conversation sur l'agent d'affaires.

— Vous le connaissez ? fit son compatriote d'un ton qui ne trahissait que trop visiblement le peu d'estime où il tenait l'Italien.

— Personnellement, non ; mais il vient de s'installer pour un long séjour en France dans une villa de la Côte-d'Azur, tout près du chalet de mon père.

— Et votre père est en relations avec ce... monsieur ?

— Sans doute, car ils s'étaient connus ici il y a quelques années.

— Ah !...

Les premiers accords d'une valse promise interrompirent l'entretien :

— Excusez-moi, dit Edmond.

Et il s'empressa vers sa danseuse.

Le couple se mit à tournoyer sous le ruissellement de lumières des lustres parmi les groupes radieux, et le jeune homme ne songea plus à Delmonte.

Mais le souvenir lui en revint en regagnant son bord après le bal.

— Que penser, se dit-il, des réticences de mon interlocuteur du Club ?... Notre voisin du Lavandou ne semblait pas jouir à Rio d'une réputation flatteuse... Indélicatesses ?... Opérations illicites ?...

Il eût pu se renseigner à d'autres sources ; il s'en abstint. De vilains bruits avaient évidemment couru dans la ville sur Delmonte, mais assez peu précis sans doute puisqu'il avait continué d'y occuper une situation en vue et que le Cercle dont il était membre ne lui avait pas fermé ses portes.

Edmond était cependant resté sous une impression défavorable. Mais sa nature foncièrement bonne répugnant à la médisance, il ne s'en était ouvert à son père ni dans la lettre qu'il lui écrivit du Brésil ni de vive voix au retour de sa campagne.

....

Il avait pris, comme d'usage, à la rentrée au port de son bâtiment, une permission qu'il était venu passer au Lavandou.

Le plaisir de s'y retrouver allait se ressentir, il le savait bien, de l'attitude de sa belle-mère qui, pour s'être enveloppée d'une certaine correction, n'en demeurait pas moins sourdement hostile. Mais il savait aussi que la tendresse de son père et la joie de son jeune frère l'en dédommageraient.

Il fut, ainsi qu'il devait s'y attendre, incité dès son arrivée, à rendre visite aux Delmonte :

— Ils sont aimables, lui dit le comte, et Mlle Inès est charmante... Tu seras cordialement accueilli, ajouta-t-il, surpris du peu d'enthousiasme de son fils. Nous leur avons parlé de ta relâche à Rio. Ils seront heureux de t'entendre exalter leur beau pays... Je te présente à Canto-gril cette après-midi ?

— Puisque vous semblez y tenir... répondit le jeune homme.

Se dérober, quelque envie qu'il en eût, était chose difficile. Il n'eût pas seulement désobligé son père. Il lui aurait fallu dévoiler le motif de son refus, et cela, il ne le voulait pas.

Il se résigna donc.

La rencontre allait-elle du moins effacer la mauvaise impression qui s'obstinait à le poursuivre ?...

C'était l'été. Mais le chemin était ombreux qui reliait le chalet à la villa, et en dépit du soleil encore chaud bien qu'assez bas sur l'horizon, les Nurène s'y engagèrent à pied.

Juana s'était jointe à son mari et à Edmond. Henry avait pris les devants et déjà se trouvait au tennis d'Inès.

— Que cette Côte est ravissante ! On comprend que de tous les pays du monde on la vienne admirer. Ce ne sont évidemment pas les sites grandioses de chez vous, fit Edmond s'adressant à sa belle-mère...

— Peut-être, répartit assez gracieusement la comtesse, mais ceci a un charme singulier, vraiment incomparable.

— Et quelle gaieté partout ! Gaieté des êtres comme des choses. Voyez ceux qui nous croisent : leurs visages sont rayonnants.

— Effet du soleil...

— Et du bien-être aussi, intervint le comte. Affaire de tempérament surtout. Etre contents, « fen de bru » ! voilà quel est leur rêve... et il le réalisent.

— Ecoutez en effet ces chants dont la brise nous apporte les échos : ils viennent de quelque vigne devant nous ; on y doit vendanger.

— Et ce n'est pas seulement à terre, chez eux, que se manifeste ce joyeux caractère des Provençaux. Dans nos équipages, observa le jeune enseigne, ce sont les plus bruyants et les plus boute-en-train. Quand après le branlebas, le soir, sous les Tropiques, la fraîcheur du pont fait oublier les hamacs de couchage « d'en-bas » aux matelots, qui leur racontent de ces histoires dont ils « se roulent », comme ils disent ? qui entonne dans la silencieuse solitude des mers les refrains les plus désopilants ? ce sont les Provençaux. Le navire fait-il son charbon ? S'il est une corvée, c'est bien celle-là, n'est-ce pas ? mais elle s'impose, ils le savent et s'y prêtent sans maugréer. Malgré tout, il arrive un moment où fatigués de passer des briquettes dans un nuage de poussière noire, quelques-uns commencent à « mollir ». Qui alors les remonte par d'allègres saillies ou d'hilarantes chansons ? généralement des Provençaux dont l'heureuse nature a « tenu bon »... Mais nous voici à Cantogril.

Delmonte savourait un havane en allant et venant sous la charmille quand il vit les Nurène qui franchissaient la grille. Il se porta vivement à leur rencontre, et avec une rondeur qui frappa Edmond :

— Ah ! voilà notre jeune officier de marine, fit-il en lui serrant vigoureusement la main. Et depuis quand parmi nous ?

— Depuis hier, Monsieur.

— Et il s'empresse de venir faire la connaissance de nos aimables voisins, intervint le comte, soucieux de corriger la sècheresse de la réponse de son fils.

— Très touché... Mais, entrons au salon, voulez-vous ?

— Vous étiez dehors, au frais ; pourquoi n'y pas rester ? dit Juana, gracieuse.

— Puisque vous le désirez, Madame... acquiesça Delmonte.

Les grillons, à ce moment, pour ne pas faire mentir le nom gaiement méridional de la villa, lançaient comme toujours leurs notes aiguës. Des oiseaux pépiaient dans les branches. L'ombre des grands arbres commençait de s'allonger sur la pelouse émaillée de yuccas, qui descendait en tapis de velours jusqu'au portail. L'air vibrait des capricieuses senteurs des plates-bandes que caressaient les rayons d'or. L'heure était prenante.

L'attention d'Edmond, cependant, était toute au maître de céans. Il l'observait discrètement et à part lui, se disait :

— Très aimable, il l'est assurément. Mais comme il attire peu avec ses lèvres minces, son front bas, ses sourcils arqués qui se redressent en épis, ses yeux légèrement sortis de l'orbite, brillants d'intelligence, mais durs, fuyants surtout — il doit avoir ses raisons pour les poser le moins possible...

Décidément, l'ancien agent d'affaires ne lui inspirait ni sympathie ni confiance.

On remonta lentement vers la charmille.

Au même instant, Inès qui, du tennis, avait guetté les visiteurs, accourait, suivie d'Henry, charmante en sa robe blanche, et toute rose encore de l'animation du jeu.

Edmond la contempla, visiblement séduit.

Tout simplement, ses yeux et ses lèvres souriant à la fois, elle répondit à son timide salut par quelques mots gentils de bienvenue.

Il n'avait encore senti battre son cœur pour aucune jeune fille. Il lui sembla qu'Inès venait de s'en emparer. Imprécision délicieuse qui ne devait pas tarder à se dissiper.

Après en effet qu'on eût pris le thé, les échanges d'impressions sur le Brésil étant presque épuisées :

— Aimez-vous le tennis ? demanda Delmonte à Edmond.

— Beaucoup, Monsieur, et depuis quelques mois j'en suis bien privé.

— Au cours de vos relâches, pourtant ?..

— On nous reçoit dans les salons, dans les Cercles. On nous enlève pour de lointaines excursions aux sites réputés. Toutes nos heures sont ainsi prises, et il faut bien se résoudre au sacrifice de ses goûts particuliers.

— Il ne tient qu'à vous de vous y remettre. Ma fille réunit chaque jour ses amies — de « bonnes raquettes »... à l'en croire du moins...

— Mais oui, très bonnes même, protesta vivement Inès.

On sourit.

— Si vous vous sentez de taille à affronter ces demoiselles, poursuivit son père non sans une pointe de malice, voulez-vous leur faire le plaisir d'être de leurs partenaires... comme votre frère — un fervent, celui-là ?

— Un enragé, appuya la jeune fille avec enjouement.

— Je ne le conteste pas, fit Henry amusé.

Et se tournant vers son aîné, il ajouta :

— Veux-tu, si M. Delmonte le permet, venir tout de suite te faire ou mieux te refaire la main ? Nous avons plus d'une heure de jour encore...

On devine si Edmond s'empressa d'accepter.

Et pas davantage il ne se fit prier pour revenir à Canto-gril le lendemain et les après-midi qui suivirent.

Le jeune officier — sa belle-mère n'avait pas été seule à la remarquer — était très bien de sa personne, mais ni vain ni affecté, et des plus sympathiques.

Est-il besoin d'ajouter qu'il retenait bien des regards flatteurs — et pas tous désintéressés — quand il se livrait et s'échauffait au jeu ou qu'au banc de repos il causait et riait avec Inès et ses compagnes ?

On ne sait quoi de charmeur se dégageait de sa physionomie ouverte et fine ; mais ce qui frappait surtout et attirait en lui, c'était l'expression de franchise et de douceur de deux grands yeux bleus, fenêtres d'une âme droite et rêveuse.

Sur ce terrain sportif, comme dans un salon, affluaient, on le pense bien, les nouvelles mondaines. Chacun y apportait sa gerbe d'informations, et on les servait entre les parties. Mais la présence d'Edmond devait aiguiller la conversation sur un sujet moins familier : on parla Marine.

Et c'est ainsi qu'Inès interrogea l'enseigne sur un spectacle qu'il lui avait été donné de voir pour la première fois et qui l'avait intriguée :

A l'horizon, vers les Salins d'Hyères, des globes incandescents avaient strié l'obscurité, plané dans l'air en illuminant la côte, puis, après un assez long moment, s'étaient éteints — et d'autres les avaient aussitôt remplacés.

— J'ai cru d'abord à un feu d'artifice, avoua-t-elle naïvement ; mais je me suis vite aperçue de mon erreur.

— C'était un tir à obus éclairants auquel procédait l'escadre.

Et l'officier lui avait à peine expliqué le but de ces engins, qu'elle s'écria :

— A propos de l'escadre ! Monsieur, ne viendra-t-elle pas bientôt dans nos parages ?

— Je vais m'enquérir de la date, Mademoiselle ; et nous pourrions organiser — si vos familles veulent bien s'y prêter — un pique-nique à Porquerolles où nous serons merveilleusement placés pour la voir défiler aux Salins d'Hyères.

— C'est cela ! Qui en est ? dit-elle en battant des mains de joie comme une gamine.

Et tout le groupe d'accepter, on le devine, d'enthousiasme.

XII

L'attrayant projet devait, dès la semaine suivante, se réaliser.

Quelques parents avaient tenu à être de la partie. Ils s'embarquèrent dans une péniche à moteur ; tandis que les jeunes gens se tassaient dans un canot de plaisance à voile prêté par un ami d'Henry et dont Edmond avait pris la barre.

On pointa dans le vent qui soufflait assez frais. La mer, cependant, à l'abri de la côte, n'était guère agitée et l'on put jouir du ravissant panorama des petites anses tout agatisées de reflets émeraude ; puis on doubla le cap Bénat.

La houle, dès lors, brusquement s'accusa, provoquant même quelques secousses dont les jeunes filles prirent peur... et l'entrain s'éteignit ; la conversation qui, tout-à-l'heure illuminée de charmants sourires, s'égrenait en mots pétillants, se fit traînante. Mais Edmond riait dans sa moustache (qu'il n'avait pas sacrifiée à la mode anglo-américaine), et sûr de lui, maître de sa manœuvre, il rassurait « son monde ».

On laissa dans le lointain l'île du Levant tout embroussaillée de ces arbustes sauvages qui couvrent d'une toison rude bien des pentes de collines provençales, et l'on se rapprocha de Port-Cros. Déjà, drainées par la brise, arrivaient à bord par bouffées les pénétrantes senteurs de ses pinèdes.

On longea le délicieux îlot si pittoresque avec son demi-cercle de maisons blanches le long du rivage, son château, sa chapelle, dans leur cadre d'étincelante verdure ; et on atterrit sans encombre à Porquerolles.

— A peine venait-on de prendre pied que des coups de canon faisaient retentir l'immense rade des Salins : un cuirassé en marche exécutait des tirs sur but remorqué.

On s'arrêta un moment à voir se soulever en gerbes magnifiques, aux points de chute, les eaux miroitantes de la mer, puis au milieu des traînées de parfums d'immenses champs de violettes, on se dirigea vers le village.

Un tour de quelques minutes dans ses tortueuses ruelles ; une courte visite à son humble église, et l'on gagna le val de Brégançonnet, ce petit Eden charmant en son agreste sauvagerie, embaumé de plantes aromatiques et peuplé d'oiseaux, dont raffolent les touristes et surtout les rêveurs.

Si étroits en sont les sentiers qu'on n'y pouvait marcher deux de front. Ce fut alors sous bois une pittoresque file indienne, les claires toilettes féminines mêlées aux rais de soleil parmi les basses branches y ajoutant une note des plus gaies.

Edmond conduisait le groupe quand, par une éclaircie sur la haute mer, il aperçut, pas très loin encore de la côte et dérivant dans le sud, une barque qui faisait des signaux de détresse.

Il prit alors à part le camarade qui, tout-à-l'heure l'avait aidé à manœuvrer les voiles, et la lui montrant, dit tout bas :

— Elle est en danger... Nous y allons ?

— Bien sûr !

Et chargeant Henry d'expliquer leur départ soudain, tous deux coururent au port et se jetèrent dans leur canot.

Ils doublèrent les rochers des Mèdes en toute hâte et piquèrent au large où ils eurent tôt fait de rejoindre le petit bateau.

Celui-ci avait son moteur avarié, et ne gouvernant plus, horriblement ballotté par les vagues, le vent le drossait avec rapidité loin de la terre.

Edmond s'en approcha et lui lançant une amarre parvint à l'accoster.

Deux hommes le montaient.

Il les prit à son bord. Ils étaient ruisselants d'embruns et se secouaient tout en le remerciant chaleureusement.

— Votre situation était en effet assez critique, reconnut Edmond. Mais le sémaphore s'est empressé de la signaler, et de toute manière, on serait venu à votre secours.

— Mais, nous eût-on retrouvés ? Voyez comme la mer envahit la barque... nous ne pouvions plus suffire à la vider... nous nous attendions à couler, repartit l'un d'eux — le patron.

— Je me souviendrai de ma promenade aux Iles d'Or ! soupira l'autre, la mine si piteuse qu'Edmond eut peine à réprimer un sourire.

— Vous êtes en villégiature en France, Monsieur,

lui demanda l'enseigne qu'avait aussitôt frappé l'accent exotique du malheureux.

— Oui, Monsieur, avec ma femme qui a eu la céleste inspiration de ne pas m'accompagner sur l'eau ce matin. Nous arrivons à peine de Rio-de-Janeiro et sommes descendus à un hôtel de Cavalaire.

Le colloque s'en tint là. Edmond avait à « ouvrir l'œil », et l'on tirait de pénibles bordées.

Il n'en atteignit pas moins Porquerolles sans incident, et après avoir répondu à de nouvelles effusions de ses passagers, retenant le Brésilien, il lui dit :

— Il est venu en excursion ici avec nous un agent d'affaires de Rio, M. Delmonte... peut-être le connaissez-vous ?

— Moi, non, Monsieur, répondit sèchement l'étranger.

Et pour se dérober à une invitation qu'il pressentait et qu'il eût été très délicat de refuser, il s'esquiva.

Et Edmond de songer :

— Cet air de surprise nuancé de dédain dont il n'a pu se défendre à ma question, oui, c'est bien le même que trahit le visage du compatriote du Club de Rio... Le personnage, décidément, se répéta-t-il, n'y jouissait pas, comme on dit vulgairement, d'une bonne presse.

Henry, à ce moment, accourait vers son frère et leur camarade, suivi de la bande joyeuse qui leur fit une ovation.

L'heure du déjeuner, à s'en rapporter du moins à l'appétit de tous, avait depuis longtemps sonné.

On se groupa sous une voûte de feuillage semée de fines arabesques avec deux ou trois petites échappées sur le ciel bleu. Tout près se faufilait parmi les broussailles une source — l'âme du vallon — mais on n'entendait guère son discret babil ; à peine se percevait même le murmure des flots sur les galets de la plage voisine, car le repas sur l'herbe ou mieux sur les aiguilles de pins qui feutraient le sous-bois, fut ce que toujours sont les agapes en plein air, débordant d'une gaieté bruyante.

Le couvert enlevé, d'aucuns, imbus d'habitudes coloniales — ils sont plus nombreux qu'on ne le croit, en Provence — s'écartèrent pour la « bonne petite sieste ».

Mais ils ne s'étaient pas plus tôt assoupis qu'un cri : « L'escadre en vue ! » les fit sursauter.

Et tous de rapidement se porter vers l'éminence de Sainte-Agathe.

Un fortin la domine, dont la claire silhouette se détache lumineusement sur le front vert sombre des arbres d'alentour. Ils le contournèrent, admirant au passage les stalactites de plantes grasses aux éclatantes fleurs roses et jaunes qui pendaient du mur d'enceinte, et arrivèrent sur le bord de la falaise juste à temps pour voir donner les cuirassés, bâtiment-amiral en tête dans la passe de Giens.

Ils assistèrent d'aussi près que possible à l'imposant défilé de la force navale, et la suivirent avec le plus vif intérêt jusqu'à son mouillage dans le cadre que paraît d'une ineffable séduction la lumière déclinante.

Puis, on s'achemina vers le petit port, les jeunes gens musardant en route comme pour prolonger le charme de la belle journée... si courte.

Un homme, cependant, épiait leur sortie du bois. Il esquissa le geste de se porter à leur rencontre. Edmond l'aperçut et s'avança vers lui. C'était le Brésilien.

— Un mot seulement, Monsieur, lui glissa l'étranger... je me reprochais de l'avoir tu ce matin... Méfiez-vous de Delmonte ; je crois cet homme capable de tout... Pardon de vous avoir retenu...

Et il se sauva, laissant le jeune enseigne tout songeur et vaguement inquiet.

Le soleil, entre temps, était descendu assez bas à l'horizon.

— Voyez, dit Edmond en rejoignant ses compagnons, déjà les mouettes regagnent, pour la nuit, leur retraite favorite, les falaises de Port-Cros, où elles vivent en si grand nombre qu'il s'en élève, quand on tire du canon tout près, nous ne dirons pas un nuage à voiler le ciel — l'exagération serait par trop méridionale — mais des vols considérables de ces oiseaux affolés... L'heure me paraît venue de s'embarquer.

On réenvahit le canot, et le retour s'effectua délicieusement aux dernières lueurs du couchant dont se doraient, là-bas, les collines hyéroises et, plus près, les contours enchantés de la côte.

Bientôt s'allumait derrière eux le phare du Titan, et lorsqu'ils atterrirent au Lavandou, les hôtels de la plage, les maisons, les cottages à flanc de coteau, brillaient déjà des mille feux accoutumés.

Edmond n'avait pas quitté Inès d'un instant. Un sentiment d'une exquise douceur qui avec les mots furtifs et les silences éloquents avait rapidement grandi, l'entraînait de plus en plus vers elle... et cependant, comme averti par une intuition secrète, il hésitait à s'y abandonner.

Une déception cruelle, en effet, l'attendait... Henry aimait Inès !

Comme il s'applaudissait de sa réserve !... Mais était-il assuré de ne s'être pas trahi aux yeux de son cadet ?...

Ses attentions, en tout cas, n'avaient pas échappé à la jeune fille. Il lui parut même qu'elle ne les avait pas accueillies sans plaisir... Elle ne répondait donc pas à l'amour de son frère ?...

— Ce ne sera pas moi du moins qui l'en détournerai, se dit-il dans un élan spontané d'affection.

Mais de ce généreux élan, son cœur, hélas ! devait profondément souffrir. A son chagrin de n'avoir pas connu de mère, de n'avoir pas de foyer où s'épancher librement, allait s'ajouter le sacrifice de sa naissante tendresse. Il ne songea plus qu'à la refouler, et se soumettant à la nouvelle épreuve, désespéré mais résolu, il espaça ses séances de tennis, à la grande surprise mêlée de dépit d'Inès, et décida même d'écourter sa permission, ayant, dit-il, affaire à Paris.

De fait, il alla solliciter du Ministère sa désignation pour une longue et lointaine campagne. Il se séparerait encore, il est vrai, de son père qu'il affectionnait d'autant plus qu'il ne le voyait pas sans souci ; mais au chalet, toujours gêné par la présence d'une belle-mère qui, avec peine, le supportait, il était si loin de trouver la détente à laquelle aspire le marin redevenu terrien !... et Canto-gril était si proche de Ko-kely-ko !...

Ainsi qu'Edmond en avait eu le pressentiment, Inès, à certains indices auxquels ne se méprend guère la clairvoyance féminine, n'avait pas douté de l'impression qu'elle lui avait produite ; il avait suffi des deux ou trois premières rencontres pour l'édifier. Et son cœur, à son tour, était allé au jeune officier. Aussi la fugue subite d'Edmond vers Paris, bientôt suivie de l'annonce de son départ de France, l'avait-elle déconcertée.

On sait qu'elle n'éprouvait pour Henry qu'une affectueuse sympathie. Si celui-ci avait les qualités d'âme de son frère, il s'en fallait qu'il en eût la finesse et les dehors séduisants. Le sauvetage de la barque de Porquerolles avait en outre paré l'aîné d'un prestige des plus flatteurs. Elle préférait, elle aimait Edmond.

— Et lui, ne m'aime pas ! se dit-elle, désolée.

De ce jour, ce ne fut plus le petit pinson de la villa Plus elle ne chantait en s'éveillant, en faisant sa toilette, en travaillant à quelque broderie ou en fleurissant le guéridon et les sellettes du salon.

Elle était devenue rêveuse, et si elle avait continué de se livrer au tennis — elle ne pouvait se dérober à ses amies — elle n'entraînait plus son père aux attractions sportives et autres des environs.

Elle en était même venue à rechercher, contrairement à ses habitudes, les douceurs de la solitude et allait faire des hêtres et des chênes du bois voisin les confidents de sa peine.

Mais surtout elle se réfugiait dans sa musique. Au piano, sous la caresse des mélodies, elle aimait à s'oublier. « Son âme, alors, semblait éveiller celle de l'instrument » ; elle en faisait l'interprète de ses mélancoliques impressions; et après ces apaisantes séances, se sentant consolée, elle se disait avec un craintif petit sourire, la pensée toujours tendue vers Edmond:

— Peut-être va-t-il se prononcer avant son départ...

Dans le cœur humain presque jamais, même au lendemain de grandes épreuves, ne tarit la source de l'espérance ; toujours, aux heures sombres, on cherche le rayon qui doit déchirer le nuage.

Mais Edmond ne revint à Canto-gril que pour lui faire ses adieux — des adieux émus — et vainement elle attendit la déclaration dont elle s'était bercée.

— Il m'avait bien pourtant semblé voir passer dans son regard comme une lueur de regret, se murmura-t-elle tout bas à elle-même.

Et au voyage dans le rêve succéda la morne désillusion.

Elle en demeura un instant très affectée, puis se ressaisissant et avec un pli de tristesse aux lèvres :

— Allons, fit-elle, ce n'était qu'un flirt. N'y pensons plus.

Un flirt ! Non. Edmond n'était pas de ces jeunes gens frivoles qui s'en font un amusement. Il aimait

Inès très loyalement, et c'est en se meurtrissant le cœur qu'il s'est éloigné d'elle brusquement. Inès d'ailleurs, en dépit de l'indépendance de caractère qu'elle devait à la disparition prématurée de sa mère et à la tendresse inconsidérée de son père, n'était pas d'une nature à se prêter aux allures garçonnières ; elle n'était pas de ces jeunes filles un tantinet trop moderne qui se font remarquer dans le monde. Elle goûtait fort les réceptions, les fêtes, elle les recherchait, c'est entendu ; mais... elle ne sifflait pas, elle ne fumait pas la cigarette, elle ne riait pas bruyamment, elle ne parlait pas argot et n'avait pas de conversations d'une hardiesse déconcertante.

Non ; ce n'était pas un flirt. Elle ne s'arrêta guère du reste à sa résolution de « n'y plus penser ». Les souvenirs — les souvenirs troublants surtout — ne sont pas si prompts à s'évanouir. Aussi bien devaient-ils la hanter quelque temps encore... Ils s'estompèrent néanmoins peu à peu et finirent par s'effacer devant la fidélité de plus en plus pressante d'Henry.

Une après-midi en effet que ses amies parties, elle se disposait à rentrer comme d'habitude par le court sentier du tennis à la villa, Henry s'approchant d'elle, légèrement pâle, la retint et d'une voix émue, presque timide, lui ouvrit son cœur :

— Oui, dit-il, de la bonne camaraderie des premiers jours vous m'avez vite fait passer au grand amour pour vous... Vous n'en doutiez pas ?... Mais je me suis plus d'une fois demandé si vous n'y étiez pas indifférente ; plus d'une fois vos plaisanteries — comme si vous ne me preniez pas au sérieux — m'ont désolé. Mais d'autres jours Dieu merci ! votre gentillesse apaisait mes tourments et me rendait à l'espérance. Voudriez-vous combler mes vœux en acceptant... de devenir ma femme ?

Un peu de rose monta aux joues d'Inès qui d'abord garda le silence tout en songeant naïvement :

— Je savais qu'il m'aimait. Comme pourtant le cœur vous bat de vous entendre dire pour la première fois par un jeune homme qu'il vous aime !

Puis subitement une autre pensée plus positive, d'orgueil et de plaisir mêlés, traversant sa petite imagination qui s'exaltait :

— Je serai riche, se chuchota-t-elle à elle-même.

Elle venait de voir miroiter devant ses yeux l'or des Nurène dont son père, à dessein, l'avait éblouie.

Elle ne tarda cependant pas à se reprendre, et levant sur Henry un clair et doux regard chargé de toute son affection, elle lui tendit sa petite main qu'il emprisonna dans les siennes... et ils se promirent l'un à l'autre.

Au même instant dans le bois tout près, mille voix aériennes s'unissaient en un mélodieux concert pour l'hymne de reconnaissance habituel du soir au Créateur.

— Ecoutez, Inès, le délicieux ramage qui salue nos fiançailles.

Edmond, pendant ce temps, sur sa passerelle de quart, devant l'infini de la mer, évoquait son beau rêve aussi soudainement détruit qu'ébauché

XIII

Le père d'Inès et la mère d'Henry n'avaient pas seulement en vue le bonheur sentimental de leurs enfants ; ils voulaient pour eux mieux que l'aisance, la richesse.

Delmonte surtout avait de tout temps rêvé pour « sa petite princesse » d'une existence luxueuse. Il avait bien réalisé dans sa vague situation d'agent d'affaires au Brésil d'assez beaux revenus ; mais de malheureuses spéculations, vers la fin de son séjour à Rio, y ayant fait une brêche sensible, ils ne suffirent plus à son ambition paternelle et il se jura d'assurer à sa fille et à Henry — il n'avait jamais douté que celui-ci ne devînt son gendre — le superbe patrimoine des Nurène.

Dès sa rentrée du tennis, Inès lui avait fait part de l'aveu d'Henry et de son adhésion à leurs fiançailles :

— Je savais pouvoir compter, papa chéri, sur ton consentement, n'est-ce pas ?

— De tout cœur je te le donne, avait répondu Delmonte en l'attirant à lui et en la baisant au front avec tendresse.

En même temps un éclair de satisfaction traversait ses yeux gris, il pensait :

— J'irai voir dès demain la comtesse. Je sais quel est son ascendant sur son mari, et par elle j'arriverai plus sûrement à mes fins.

....

Il choisit un moment où il savait la trouver seule.

Préludant à l'hiver, un vent très froid soufflait avec violence, déferlant en vagues mugissantes sur les arbres qu'il dépouillait, entraînant des tourbillons de feuilles rousses.

Dans un boudoir aux chaudes tentures, près d'un feu pétillant et gai, Juana, toute frileuse, parcourait ses journaux de modes quand on sonna au portail.

— Il ne peut venir personne par un temps pareil! se dit-elle un peu surprise.

Le vieux Pascal, cependant, deux minutes après, frappait discrètement et annonçait le visiteur.

La haute taille de Delmonte s'encadra dans l'ouverture de la porte.

— Vous devez être gelé, lui dit-elle, gracieuse Prenez donc ce siège au coin de la cheminée... Je me doute du sujet qui vous amène...

— Comme moi, Madame, vouz devez savoir en effet la grande nouvelle, répondit-il en s'asseyant.

— Oui ; Henry m'en a fait aussitôt la confidence et j'en suis bien heureuse

— J'en suis très heureux aussi, veuillez le croire. Mais... mais je ne suis pas seulement venu m'en réjouir avec vous, accentua Delmonte — et ses traits prirent une expression de froideur et de dureté dont s'émut Juana. J'ai à vous entretenir d'une question des plus importantes pour nos enfants.

— Je vous écoute, balbutia-t-elle.

— Vous idolâtrez votre fils au moins autant que j'idolâtre ma fille, je le sais, et je compte que vous voudrez bien user de votre incontestable influence sur M. de Nurène pour qu'à leur contrat de mariage il reconnaisse à Henry une large, très large part de sa fortune.

Froissée de l'attitude cavalière et surtout du ton sec et presque autoritaire de Delmonte. Juana l'arrêta d'un mot ou plutôt d'une énigmatique exclamation :

— De sa fortune !...

— N'est-elle pas considérable ? répliqua vivement son interlocuteur.

— Mais... elle n'est pas à mon mari.

— Pas à votre mari ! à qui donc alors ?

— A Edmond. Elle lui vient toute de sa mère.

— A Edmond, dites-vous ?

Si violente fut la déception de l'Italien qu'emporté par la colère et perdant toute mesure jusqu'à en oublier la plus élémentaire correction, il toisa la comtesse :

— Vous le saviez, Madame, et vous ne m'en avez pas averti !

— Et à quel titre donc, Monsieur, lança Juana, frémissante d'indignation.

Delmonte soudain se ressaisit. Sans répondre à la prompte riposte, suivant une idée qui venait de surgir dans son esprit, il darda sur elle un regard résolu et d'un accent ferme lui jeta :

— Henry n'en aura pas moins tous les biens de son frère.

Comme elle esquissait un geste de doute :

— Henry aura tous les biens de son frère, répéta-t-il, en scandant cette fois chaque mot.

— Mais la loi française...

La comtesse n'acheva pas sa phrase.

Delmonte s'était levé d'un bond.

Il se dirigea vers la porte, s'assura qu'elle était bien fermée, puis revenant vers Mme de Nurène, debout devant elle, les bras croisés, il plongea ses yeux dans les yeux démesurément ouverts de la pauvre femme stupéfaite, et décidé à frapper un grand coup.

— Vous rappelez-vous Pedro-le-Velu ? lui dit-il brutalement.

Si elle se le rappelait ! Il ne se passait pas de jour que son souvenir ne lui revînt, associé à celle de son premier mari... mais à quel propos cette évocation ?...

Toute saisie, elle fit un haut-le-corps, pâlit affreusement, et d'une voix qu'elle s'efforçait en vain d'affermir :

— Pourquoi me parlez-vous de cet homme ? demanda-t-elle.

— Vous l'avez connu, Madame, et lui, ne vous a pas oubliée.

Plus que troublée, de peur de se trahir, elle se tut. Mais Delmonte continuant de la tenir sous son regard métallique comme pour mieux souligner sa terrible révélation, poursuivit, impitoyable :

— Il m'a tout dit, Madame... vos bontés pour lui... et aussi son ardente gratitude.

— Il a donc tué Lannunez ! laissa-t-elle échapper sous l'empire — toujours — de sa cruelle erreur. Je ne m'étais pas trompée !

Delmonte, cependant, qui était au courant et avait d'impérieuses raisons d'exploiter cette erreur se garda de la relever, et après une courte pause, il ajouta :

— C'est un compagnon d'infortune. Il m'est dévoué jusqu'à la mort. Il m'a suivi en France. Nous nous voyons assez souvent.

Bouleversée, la tête perdue, Juana, machinalement, comme si elle avait voulu donner le change, s'empara de ces derniers mots et tenta d'ironiser :

— Je ne vous en fais pas mon compliment, bégaya-t-elle.

— Croyez-moi, Madame, causons sérieusement... et en ami, voulez-vous ?

Et la laissant sous l'impression qu'il la tenait pour la complice du colporteur :

— Oh ! ne craignez rien, Madame... Mais il faut, il faut, précisa-t-il sur un ton de menace à peine déguisé, qu'en revanche nous puissions être assurés de votre silence... quoi qu'il advienne.

Et devant le regard anxieux qui l'interrogeait, il reprit :

— La fortune d'Edmond, vous disais-je tout-à-l'heure, doit revenir à Henry, par conséquent au jeune ménage.

— Mais comment, coupa Juana ? et quand ? Edmond est d'un tempérament plutôt vigoureux et ne songe pas, que je sache, à mourir.

Delmonte esquissa un rictus sinistre :

— La mort, insinua-t-il, peut venir vite... si on l'aide.

— Quoi ! vous oseriez !... s'écria la comtesse dans un sursaut d'épouvante.

— Il le faut, articula-t-il cyniquement... Une chaumière et un cœur ! devise surannée. Nos Paul et Virginie modernes ne songent qu'à rouler sur l'or. Henry et Inès, pour être pleinement heureux, doivent avoir leur Pactole ; nous le leur procurerons... Edmond qui vous est antipathique — ne le niez pas, vous ne parvenez pas à le cacher — est en travers de notre route... on le fera disparaître.

— Oh non, Monsieur, supplia-t-elle, pas cela ! La déception vous aveugle... Vous n'avez pas réfléchi à l'horreur et au danger d'un pareil dessein.

— Je ne courrai aucun risque, Madame. Je ne me soucie pas, veuillez le croire, de retourner à l'enfer d'où je venais il y vingt ans lorsque je débarquai au Brésil...

Comment une aussi hasardeuse allusion à son passé avait-elle pu s'échapper de ses lèvres ?... Tout de suite il se rendit compe de son imprudence ; mais sa vive intelligence secondée par un étonnant sang-froid eut tôt fait de lui suggérer qu'il fallait en tirer parti. Et déjà il calculait le foudroyant effet de l'aveu qu'il méditait, quand Juana d'une voix dont le timbre exprimait la surprise et la crainte, insista :

— De retourner à l'enfer d'où vous veniez ?...

— Au fait, je puis bien vous le dire ; je suis maintenant certain, répéta-t-il que vous ne parlerez pas.

Baissant alors la voix et les prunelles brillantes d'un feu extraordinaire, il aborda la terrible confidence qui lui avait tout-à-coup paru très habile : il allait tenir la comtesse par la peur de beaucoup plus puissante que l'intérêt :

— J'étais, Madame, au bagne de la Guyane...

Juana fit de côté un brusque mouvement, et dévisageant Delmonte avec une sorte de stupeur égarée :

— Au bagne ! balbutia-t-elle en écho, le cœur battant à soubresauts dans sa poitrine.

— Oui, Madame. Pour quel fait ? Je crois qu'il vous importerait peu de le savoir. Et Pedro — Pedru-le-Velu — y fut mon compagnon de chaîne. Bien que d'éducation différente, nous eûmes tôt fait de sympathiser ; nous étions du même pays. Vous vous doutez bien que, comme tout prisonnier avide de liberté, on ne pensa qu'à s'évader. Un jour on s'en ouvrit l'un à l'autre, puis on avisa aux moyens de fuir... et on se sauva dans les grands bois. Après bien des tribulations, nous atteignîmes la Guyane hollandaise et parvînmes en usant d'audace et de ruse à embarquer sur un navire en partance pour le Brésil. Jetés — c'est le mot — sur les quais de Rio, nous nous engageâmes pour les mines d'or — on prenait là des gens de toutes nationalités. Nous y réalisâmes des économies, puis nantis de papiers d'identité... d'emprunt, nous revînmes à Rio où je me lançai dans les affaires sous le nom italien que je porte. Quant à Pedro, il ne put, en raison de son défaut d'instruction, que végéter dans de petits métiers où je l'aidai à l'occasion de ma bourse. Il lui prenait parfois aussi la fantaisie de mener la vie nomade ; il errait alors dans la banlieue, se faisant passer pour colporteur... vous en savez quelque chose...

A ces derniers mots intentionnellement ponctués, Juana sentit redoubler ses frissons. Elle se vit à la merci de l'ancien forçat que toujours la fixant, poursuivit :

— Si je vous ai révélé nos antécédents, c'est pour vous convaincre, Madame, que nous saurons mener à bien et sans péril notre entreprise.

— Vous ne comptez pas, je suppose, sur mon concours ?

— Non, mais sur votre silence, sur votre silence absolu, je le répète. Vous veillerez à ne pas nous trahir par quelque parole imprudente, et lorsqu'Edmond sera revenu de sa campagne, à ne pas lui manifester d'hostilité. Quant à moi, mes visites devant, du fait du mariage de nos enfants devenir normalement plus fréquentes, j'aurai souvent occasion de le voir et je m'attacherai sinon à le séduire, du moins à le mettre en confiance par mes aimables attentions... Et alors...

Un bruit de voix tout proche interrompit la troublante entrevue.

Inès venait rejoindre son père et devisait gaiement avec Henry au bas du perron.

Delmonte prit congé.

Demeurée seule — Henry ayant accompagné à la villa sa fiancée — Juana s'affaissa dans sa bergère :

— Mon Dieu ! mon Dieu ! prenez-moi en pitié, gémit-elle, brisée.

Elle se trouvait en effet dans l'alternative atroce ou de se taire et de se faire en quelque sorte la complice d'un crime qu'elle réprouvait et pouvait prévenir, ou de parler et d'être vouée aux représailles de Delmonte, d'être tuée peut-être par l'un ou par l'autre des deux forçats.

XIV

Depuis son second mariage, l'affection du comte et l'amour maternel dans la paix du cher foyer avaient, en distrayant Juana du souvenir de Lannunez, rendu un certain calme à son âme tourmentée !

Comme une plante d'abord privée d'eau, elle s'était peu à peu relevée sous les bienfaisantes ondées.

Sa vie au Lavandou n'était guère mouvementée. Elle s'était sans aucune difficulté sans aucun regret prêtée aux goûts modestes et peu mondains de son mari, renonçant aux hommages flatteurs que lui eût encore pu valoir dans les salons et les élégantes réunions sa beauté demeurée délicate.

Elle avait restreint ses relations.

On se voyait surtout entre voisins sympathiques. Sympathiques ? pas tous cependant. Il en était un qu'elle eût volontiers tenu à l'écart. C'était Delmonte. Mais celui-ci s'était adressé à elle et au comte pour lui chercher dans leurs parages une villa ; il eût été difficile de ne pas se fréquenter.

Elle ne se souvenait pas moins qu'il avait recherché sa main, et à vrai dire, elle n'avait cessé de s'en méfier. Elle n'avait par contre aucune prévention contre sa fille et l'avait même accueillie avec cordialité. Inès, par sa grâce et sa gentillesse, avais si bien su la conquérir que d'avoir vu par elle son Henry subjugué ne l'avait pas effarouchée, elle si jalouse pourtant des affections de son fils. Le cœur offre de ces contradictions.

Mais un vent d'orage a soufflé, et la voilà retombée dans la sombre mélancolie du temps de son veuvage ; la voilà livrée en outre à de nouveaux troubles de conscience, entre son devoir — un devoir impérieux — et la crainte — une crainte angoissante !

Et les heures de se succéder, lentes et empoisonnées.

Tout le jour elle se contraignait, se dominait, soucieuse de déjouer la perspicacité de son entourage. Ses nuits étaient agitées, peuplées de cauchemars, parfois sans sommeil. Son teint en pâlissait ; ses traits se tiraient ; un cerne s'accentuait autour de ses yeux. Son mari, ses enfants s'en aperçurent et anxieux l'interrogèrent : avec quel soin il lui fallait alors surveiller ses réponses !... Elle avait toujours présente à l'esprit l'effarante menace de Delmonte.

Ils redoublèrent envers elle d'attentions, de tendresse ; elle ne souffrit pas moins en silence, horriblement; combien plus âpre en effet, combien plus lourde est la souffrance qui ne se peut épancher !

Delmonte, pendant ce temps, était tout à ses noirs desseins.

Après son heureuse évasion de la Guyane, au lieu de faire litière des forces perverses qui l'avaient entraîné au crime et de se racheter par le travail et la probité, il avait continué la vie d'aventures.

Nous ne dirons pas les inavouables manœuvres qui aux Mines d'or du Brésil, lui valurent des ressources suffisamment importantes pour lui permettre de s'offrir un cabinet d'affaires à Rio. Nous ne spécifierons pas davantage les circonstances dans lesquelles il échangea son nom contre celui d'un Italien qui, dépouillé de ses papiers, jamais plus n'avait reparu au « placer ». Nous ne saurions dire enfin les plus ou moins indélicates opérations de son Agence de Rio qu'il sut cependant mener avec assez d'habileté pour ne pas se compromettre et pouvoir même se mêler à la meilleure société où nous l'avons d'abord rencontré.

Bornons-nous à noter qu'il ne cessa, depuis son retour à la liberté, de côtoyer la loi, et qu'il n'eut d'heureux palliatif à sa coupable existence que le sentiment honnête qui le porta vers Sonia Palmaros et lui valut un trop court bonheur conjugal.

Mais son orgueil, son idée fixe — comme une idée de revanche de forçat — d'assurer à sa fille une fortune exceptionnelle, devait raviver ses instincts criminels.

Sa décision était bien prise en effet : dès la rentrée d'Edmond, le sacrifier.

Et il approfondissait toutes les conséquences de la suppression du jeune homme quand il s'avisa tout-à-coup que M. de Nurène non seulement avait droit à la quotité légale relativement considérable attribuée au père dans les successions, mais qu'il pouvait avoir été l'objet de donations très appréciables de son fils — autant de causes de réductions des plus sensibles du patrimoine convoité.

A cette considération d'importance était venue s'ajouter sa rancune personnelle contre l'ingénieur à qui il n'avait jamais pardonné de l'avoir supplanté dans le cœur de Juana.

Et froidement il avait conclu :

— Il faut donc que celui-là aussi cesse de nous gêner.

Il ne songea plus dès lors qu'au moyen le moins risqué d'y parvenir.

Dès le lendemain de sa visite à la comtesse, seul et à pied, par une température qui réchauffait délicieusement un clair soleil d'automne, il s'achemina l'après-midi vers le bois de Bormes, du côté que fréquentait le comte lorsqu'il y venait à la chasse, et y passa toute une heure à méditer sur l'exécution d'un plan qui lui paraissait très sûre.

— L'endroit ne saurait être plus favorable, se dit-il enfin après un minutieux examen des lieux. Les circonstances, par ailleurs, vont s'y prêter... Je donnerai des instructions précises à Pedro.

Et d'un pas allègre, satisfait de lui, il se remit en route.

Il approchait de la villa quand de frais éclats de rire l'arrachèrent à ses pensées.

C'étaient les partenaires d'Inès qui revenant du tennis joyeux comme toujours, débouchaient d'un sentier sur le grand chemin. La jeune fille leur faisait un bout de conduite.

Elle serra la main de ses amies qui continuèrent sur la ville, et Delmonte passa son bras sous celui de sa fille.

— Ainsi donc, ma chérie, lui glissa-t-il mi-sérieux mi-plaisant, nous serons « Madame » bientôt... et comtesse un jour...

— Oh ! un jour qui n'est pas près de luire encore, fit-elle amusée.

— Qu'en sais-tu ? repartit son père.

Et après une pause de quelques secondes :

— On n'est pas maître des événements, ajouta-t-il d'une voix grave, si grave qu'Inès en fut frappée et, légèrement émue, questionna :

— Le cher comte serait-il sous le coup d'un mal qui ne pardonnerait pas ?

— Non, ou du moins que je sache ; mais les accidents sont, de nos jours, si imprévus, si fréquents ! observa Delmonte.

Puis, changeant de conversation, il la taquina :

— Et le tendre Henry ne t'a pas accompagnée ! A quoi pense-t-il donc ?

— Il est allé voir un poney qui serait à vendre au Lavandou et qu'il voudrait m'offrir.

— Ah !... Et la charette anglaise ?

— Tu me la donneras.

— C'est cela !... Une bagatelle de quelques billets de mille...

Elle eut un joli hochement de tête, et le regardant câline, au fond des yeux.

— Allons, tu l'auras, fit-il, esclave toujours des volontés de la petite despote.

— Que tu es bon, cher papa !... Le mignon attelage que je vais avoir, avec le brillant harnais fauve que tu m'achèteras aussi !... Je conduirai moi-même.

— Encore faudra-t-il que l'animal ne soit pas trop fringant. Rien de plus capricieux, de plus volage, paraît-il, que le poney... Et les accidents, nous le disions tout-à-l'heure...

A peine entendit-elle la réflexion paternelle, et, toute à son enthousiasme, une flamme de plaisir dans les prunelles :

— Je le conduirai moi-même, quel bonheur ! répéta-t-elle.

Et dans un élan de gamine, elle sauta de joie, ses petits pieds soulevant un nuage de poussière sous sa jupe un peu courte.

— Voyons, Inès... Tu es sur la grand'route !

Elle montra ses petites dents blanches dans un rire cristallin, puis, gaiement, on devisa du mariage très prochain.

XV

Moins de deux mois après, en effet, se célébrait, dans la petite église du Lavandou, l'union d'Inès et d'Henry.

Le jeune couple n'a pas sacrifié au classique voyage de noce en Suisse ou en Italie. Ses préférences sont allées à notre merveilleuse Tunisie.

Ils visitèrent Tunis d'abord — la ville très rapidement, mais le Bazar à fond. Et si son mari, à peine cependant plus raisonnable qu'elle, ne l'avait retenue, Inès eût fait, dans les « souks » réputés, des emplettes à en remplir des caisses.

Les tapis, les étoffes de soie aux chatoyants coloris l'attiraient. Les bijoux, les cuivres la fascinaient. Les parfums la grisaient.

On s'arrêtait aux minuscules boutiques indigènes, un peu surpris d'y voir les marchands à demi étendus sur leurs nattes, fumant leur narghilé, savourant leur café, grignotant des confitures de roses, causant à voix basse, ou rêvant, dans l'attente des clients.

Puis on se reprenait à flâner dans les étroits couloirs au milieu d'une population bariolée, grouillante, mais silencieuse, le regard s'attachant surtout aux Tunisiennes enveloppées de blanc sous le voile noir qui leur couvre le visage, et aux corpulentes Juives, très curieuses avec leur ample culotte, leur blouse flottante et le long cône qui est leur coiffure.

Et ce fut ensuite la traditionnelle excursion — l'excursion de rigueur, pourrait-on dire — à Carthage.

Ils se joignirent à un groupe de touristes et s'y rendirent en auto-car, par un temps idéal, un matin.

Tandis que le long du grand lac, puis des rivages éblouissants du Golfe, sur la route poudreuse où régnait en tyran un soleil de feu, le lourd véhicule filait à toute allure vers la colline de Byrsa, un jeune professeur parlait à ses voisins de la guerre punique, des Croisades. Inès et Henry, dont les connaissances en histoire romaine ou du Moyen-Age étaient nulles ou peu s'en fallait, avaient bien saisi des bribes de la semi-conférence ; ils ne s'intéressèrent cependant guère aux antiques vestiges qu'on leur présenta là-haut de la glorieuse cité, et se montrèrent surtout fort déçus de n'avoir pas de superbes ruines à visiter du palais de l'infortunée Didon. Ils s'attardèrent par contre dans la basilique de Saint-Louis élevée à l'endroit où expira le grand roi et dont ils admirèrent les merveilles et l'harmonieuse beauté.

Enfin, après une courte station à Bizerte, ils reprirent le paquebot et rentrèrent en France.

Le chalet — où ils s'installèrent — et Canto-gril se partagèrent leur joyeuse présence.

Ils s'aimaient et ne songeaient qu'à se distraire, Henry ayant persisté à s'affranchir de toute occupation, de celle même de seconder son père dans la surveillance du vaste domaine.

Le théâtre, les concerts, les five-o'clock, le sport, les bals absorbaient leurs journées, leurs soirées. Le Golf de Costebelle continuait de les compter parmi ses fervents et leur tennis de réunir ses fidèles.

Ente temps, la musique dont ils raffolaient, les retenait au salon des heures entières, lorsque surtout l'inclémence atmosphérique venait brider leurs envolées mondaines.

Cette vie de plaisirs égoïstes ne leur avait cependant pas desséché le cœur. Inès, plus particulièrement, était restée fidèle à ses pratiques charitables.

Elle allait même à de grandes distances parfois, dans sa petite voiture, porter à des pauvres un peu de bien-être et de consolation.

On le connaissait bien, à plusieurs lieues à la ronde, son coquet équipage en miniature avec le poney si vif que conduisait serré, les guides hautes et le buste droit, l'élégante jeune femme.

Quand, à une heure matinale, on le voyait sur la route, bien loin dans la campagne : « Une infortune encore que va secourir la petite fée ! » disait-on, et devant elle, respectueusement, le passant se découvrait.

Elle s'était aventurée un jour jusqu'à la forêt du Dom, vers un hameau où on lui avait signalé une famille des plus nécessiteuses.

Elle s'engageait au cœur des futaies, lorsqu'elle rencontra un carrefour. Quel chemin prendre ? Elle venait pour la première fois de ces côtés et ne pouvait s'orienter.

Une humble cabane se dressait en retrait de la voie.

Elle s'y arrêta et descendit de voiture.

Non loin de là, parmi de beaux arbres étendus dans l'herbe foulée, aussi honteux par terre qu'ils étaient superbes debout, un homme rangeait des branchages. Il l'aperçut et vint à elle, empressé et déférent.

C'était un bûcheron jeune encore, à la figure timide et douce. Il semblait d'une nature contemplative.

Elle lui demanda la direction à suivre, puis s'intéressa discrètement à son existence :

— Peut-être, s'était-elle dit, y a-t-il là aussi quelque misère à soulager ?...

Mais non. L'hôte de céans était content de son sort, content de son indépendance. Son modeste labeur suffisait à ses besoins.

Sa femme, assise sur un escabeau à l'entrée de la chaumine, berçait sur ses genoux un bel enfant joufflu qui poussait de petits cris joyeux.

Elle répondit d'une gracieuse inclinaison de tête au sympathique bonjour de la visiteuse. Un peu de mélancolie dans les grands yeux noirs, mais aucune expression d'amertume. « Monsieur, Madame et Bébé » ne paraissaient pas malheureux de leur vie en pleine solitude.

Inès remercia l'homme et se disposait à repartir quand celui-ci montra le ciel où des nuages noirs et lourds se poussaient, se séparaient pour se rejoindre encore, faisant courir tour à tour sur les cimes frémissantes des arbres, sur le sol tapissé d'herbes de la clairière, sur le toit de la hutte, des traînées lumineuses et des ombres.

— Madame n'a pas peur d'être surprise par l'orage ? Je crois bien qu'en voici un qui monte de la mer....

— Je ne m'attarderai pas en route, dit-elle. Je presserai le poney.

Elle remercia, rendit les rênes et disparut au premier tournant.

Elle eut vite fait d'atteindre le hameau, et s'en réjouit; les pronostics du bûcheron déjà se réalisaient. Le vent augmentait de violence, faisant mugir la forêt par toutes ses feuilles, soulevant des tourbillons de poussière.

Elle n'eut que le temps de garer l'attelage sous un hangar et de se réfugier chez les malheureux qu'elle venait secourir. Un éclair fulgura, suivi de coups de tonnerre, et des trombes d'eau se ruèrent sur la masure, jetant dans l'épouvante deux petits êtres qui, près de la mère grelottante sur son lit de douleur, criaient et pleuraient.

Inès prit par la main les pauvrets, s'attacha doucement à les rassurer, et tout en les gardant serrés contre sa jupe, s'approcha de la malade et l'entretint délicatement du but de sa visite.

Celle-ci dura ce que durent les orages, généralement très courts en Provence. La jeune femme n'en eut pas moins tout le loisir d'examiner le logis — un vrai nid de misère : les rares meubles, à bout d'usage ; — sur le pavage à demi défoncé qui tenait lieu de parquet se formait une petite mare ; de quelques tuiles brisées du toit, la pluie avait filtré ; une fenêtre, une seule, mal jointe et sans rideau ; le vent s'y glissait en sifflant : « Comment peut-on tenir ici les jours d'hiver ? » songea-t-elle. Au même instant, ses yeux tombant sur un crucifix suspendu au-dessus du coffre servant d'armoire, entre deux branches de buis desséchées : « La consolation de l'affligée ! » ajouta-t-elle en elle-même, vivement touchée de compassion.

Dans une déchirure de nuage jaillit soudain un frêle rayon de soleil, et aussitôt brilla, en irisant la futaie, un superbe arc-en-ciel. L'orage était passé.

Elle s'empressa de remettre son obole, promit de revenir, puis se retira, laissant derrière elle le souvenir de sa grâce et le réconfort de sa bonté.

Quel que fût cependant le charme de leur séjour en ce joli coin de la Côte d'Azur, Henry et Inès ne voulurent pas — employons leur expression : s'y cristalliser, et la fantaisie leur prit de s'offrir une semaine à Nice.

— Enfin ! se dit Delmonte, voici l'occasion que j'attendais.

Il savait en effet pouvoir tabler sur l'humeur voyageuse de son gendre et de sa fille... et songea, dès leur départ, à la mise à exécution de son plan.

XVI

La chasse était, nous l'avons dit, la plus chère distraction de M. de Nurène. Il avait coutume d'y aller chaque matin, se bornant en général à battre les plaines et les taillis d'alentour, seul ou avec Henry et aussi, mais plutôt rarement, en compagnie de Delmonte.

L'Italien avait remarqué que le comte, après les longues marches, venait toujours se reposer à l'orée du bois de Bormes, à une petite clairière où chantait un ruisseau — détail minime mais qui allait servir son infernal dessein.

On sait où et comment s'étaient connus et liés Delmonte et Pedro. Inséparables, ils n'avaient cessé de se voir... le moins ostensiblement possible... tant à Rio que, depuis, en France. Et dans ces secrètes rencontres, constamment — est-il besoin de l'ajouter ? — on évoquait le passé maudit, on se félicitait d'y avoir échappé...

D'y avoir échappé ! Comment avaient-ils pu en effet, réussir dans leur audacieuse évasion ? Dans les inextricables fourrés de l'immense forêt guyanaise, sous le couvert des réseaux de feuillages et de lianes, il leur avait été aisé de se cacher, sans risques d'être découverts ni même poursuivis ; mais à combien de dangers ils s'étaient trouvés exposés ! de combien de bêtes malfaisantes ils avaient eu à souffrir ! Dans le grand arroyo surtout qu'ils avaient suivi pour gagner le Surinam, sur ses bords marécageux hantés de caïmans, comme ils avaient été la proie des moustiques sans pouvoir parvenir à s'en préserver !... Puis la fièvre les avait surpris et les eût terrassés si tous deux, avec le même merveilleux courage, ne s'étaient soutenus dans cette vie troublante de veilles, d'alertes, de fatigues au sein d'un désert de verdure au silence impressionnant. Ce n'est pas tout. Au moment où ils allaient triompher de leurs rudes épreuves et approchaient de leur délivrance, ils avaient ressenti les affres de la faim. Leurs provisions de bouche réunies à grand'peine en vue de leur fuite, étaient épuisées, et leur chasse à l'indienne avec des arcs et des flèches de fortune ne leur rapportait plus de quoi combattre une inquiétante dépression. Pour la première fois, alors, le désespoir les avait pris... mais ils coururent un grand danger et durent à ce danger leur salut ! Un jaguar affamé, survenu à l'improviste, s'était jeté d'un bond sur Pedro. Seul, celui-ci, trop affaibli pour se défendre, eût infailliblement succombé. Mais Delmonte s'était précipité à son secours, et réunissant ce qui leur restait de forces, ils avaient pu triompher du fauve. De leur sabre d'abattis, ils l'avaient égorgé et sa chair fraîche les avait remontés, sustentés jusqu'au terme de leur expédition...

— Je vous dois la vie, avait dit dans un sincère élan de gratitude Pedro à son sauveur. Je vous appartiens. Vous pouvez absolument et en tout vous servir de moi, toujours.

Et Delmonte s'en était souvenu.

Pedro était devenu en quelque sorte son homme lige.

Par prudence, il ne l'avait pas suivi au Lavandou — dans les petites localités, on est si curieux ! — et il s'était fixé à Marseille.

Il y vivait plus particulièrement des revenus d'un commerce ambulant que venaient de temps à autre, comme à Rio, grossir les largesse de son fortuné camarade.

Pas plus que Delmonte, il n'avait craint de se montrer en France. Outre leurs noms d'emprunt attestés par des pièces en règle, le changement survenu depuis tant d'années dans leur allure et leur physionomie était pour les rassurer. Ils ne répondaient plus guère à leur signalement, dès longtemps d'ailleurs et vraisemblablement perdu de vue. Au surplus, ils résidaient si loin, si loin du pays où s'étaient perpétrés les faits qui les avaient conduits au bagne !

L'un et l'autre étaient donc demeurés en relations aussi étroites et discrètes que possible.

Un matin, sous un prétexte d'affaire, Delmonte prit le train et se rendit à Marseille.

Il alla droit au domicile de Pedro, dans un de ces quartiers populeux et à tort ou à raison mal famé de la grande ville cosmopolite, où il n'est pas rare que l'on crie, que l'on se querelle, que l'on joue même du couteau en pleine rue.

Pedro n'y était pas.

Il flâna, en l'attendant, aux abords de la maison.

Celle-ci n'était pas un immeuble vulgaire, mais bien un ancien et vaste hôtel tombé en décrépitude et devenu un repaire de pauvres gens, avec, ici et là, au rebord des croisées, des pots de fleurs — le sourire parmi la misère — et en saillie, sur des cordes tendues en triangle, des hardes à sécher au soleil, car le soleil, à certaines heures de la journées, se glissait entre les toits et venait égayer la sombre façade comme au temps où il en caressait les fines ornementations.

Bientôt, douze coups s'égrenèrent d'un campanile voisin... et Pedro ne paraissait pas.

— Que lui est-il donc arrivé ? se demanda Delmonte légèrement inquiet. Il est cependant toujours rentré à midi.

Il patienta quelques minutes encore, puis se dirigea vers la maison.

Il pénétra sous une voûte obscure et se trouva dans une cour malpropre et encombrée de fatras d'où émergeait un charreton de colporteur que tout de suite il reconnut.

Des enfants y prenaient leurs ébats, roulant dans la boue un ballon à demi crevé.

Aux fenêtres grand'ouvertes, une mère raccommodait la blouse de son petit ; une femme en exubérante conversation avec sa voisine d'en face, riait à gorge déployée ; une autre récurait un ustensile de cuisine ou secouait de la salade en fredonnant une chanson napolitaine traversée de cris de bambins qu'à côté l'on fouettait ou d'époux qui se disputaient — les hommes, à ce moment, commençaient à rentrer du travail.

Ce n'était pas la première fois que l'animation débordante au dehors et constamment bruyante de cette « colonie d'indigents » frappaient Delmonte. Elle le laissait indifférent. Mais l'atmosphère de la cour lui paraissait irrespirable. Aussi s'empressa-t-il de gagn-

l'escalier — l'escalier de service d'antan, sans doute — qui menait au taudis de Pedro.

Parvenu à la porte, il n'eut qu'à la pousser ; il y avait beau temps qu'elle était veuve de serrure et même de targette.

Delmonte le trouva étendu sur son grabat :

— Malade ?

— Non ; « moulu » seulement... des horions reçus hier au soir et copieusement rendus, vous pouvez me croire.

— On s'est donc battu ?

— Un peu... J'allais déboucher d'une venelle, quand je vis s'y précipiter en coup de vent un jeune homme qu'on poursuivait. C'était un voleur. Je lui barrai le passage. Il se défendit ; mais je le terrassai et le maintins, avec l'aide d'un passant, jusqu'à l'arrivée assez prompte, il faut le reconnaître, du sergent de ville qui remit à sa propriétaire haletante le sac à main dérobé et conduisit au violon le gaillard — un solide gaillard, ma foi ! et bien musclé, j'en sais quelque chose ; il m'a suffisamment fait éprouver la vigueur de son poing.

— Et l'agent a pris ton nom ?

— Oui, en me complimentant par surcroît. Je serai peut-être appelé à déposer comme témoin quand on jugera l'affaire.

— Ce ne sera pas avant quelques jours, en tout cas, se dit Delmonte allégé d'un gros souci, car il avait d'abord craint une bataille suivie de démêlés avec la police.

Il ne fallait pas moins se hâter d'agir.

Se rapprochant le plus possible alors de Pedro, il lui parla longuement à l'oreille tout en surveillant la porte, puis subrepticement — les murs pouvant avoir aussi des yeux — il lui glissa de l'argent sous sa couverture :

— Pour ton expédition ! murmura-t-il tout bas.

— Entendu... Demain soir.

Et ils se séparèrent.

XVII

Henry et Inès s'abandonnaient, à Nice, aux nombreuses attractions qu'offre la grande ville, même en été, à ses hôtes de passage. Tout à leur idéal de plaisirs, ils y dépensaient sans compter, au gré de leur fantaisie.

Ignorant la valeur de l'argent, ils continuaient de se faire de l'existence une conception si riante ! N'étaient-ils pas suffisamment riches ? La jeune femme, en particulier, ne savait-elle pas qu'elle allait posséder un jour une belle fortune ? Son père ne le lui avait-il pas dit et répété ?...

Le soir même de leur départ du chalet, Pedro, coiffé d'une casquette de touriste et les yeux cachés sous un lorgnon aux verres teintés, débarquait sans valise, avec, simplement, un manteau sur le bras, à la gare de Bormes, et sans être remarqué — tant d'étrangers, en toute saison, sillonnent la Côte d'Azur ! — se dirigeait vers un bois qu'il connaissait bien. Il avait l'habitude, quand il venait au Lavandou, de s'y promener avec Delmonte, tous deux évitant de se montrer ensemble dans les endroits fréquentés.

Fidèle à sa parole et soucieux de suivre en tous points, les instructions reçues, il allait... y coucher à la belle étoile.

Il n'avait pas eu de peine à découvrir la clairière de prédilection du comte de Nurène, et il s'y arrêta.

On était à la fin d'août. La température se ressentait encore des chaleurs d'une journée sénégalienne.

Sous un dôme d'épais feuillages mariés de vieux chênes, un pli de terrain gazonné lui offrait sa fraîche hospitalité ; il s'y étendit avec délice, regarda un instant les lucioles qui de traits de feu rayaient les hautes herbes, puis les grands arbres frissonnants sous la clarté naissante de la lune, et le souvenir tout-à-coup lui revint des affreuses nuits passées dans l'impressionnante forêt des Guyanes ; en ce bois du moins n'avait-il pas à redouter de fauves ou de ces bestioles qui s'attaquent si cruellement à l'homme sous les Tropiques.

Il finit cependant par s'endormir.

Le chant des oiseaux, dès le petit jour, le réveilla.

Il entr'ouvrit les paupières. Les premiers rayons de soleil, striés de vols de papillons, se jouaient dans la rosée tremblotante des feuilles.

Il s'étira.

— Si le comte est en chasse, il sera bientôt en vue, pensa-t-il.

Et se repliant sur lui-même, il se parla tout bas :

— La mauvaise destinée, décidément, me poursuit. Je croyais avoir fini de voir... de faire couler le sang, et c'est pour tuer encore que je suis ici aux aguets... pour tuer un homme à qui personnellement je ne veux aucun mal... et qui est le mari de ma bienfaitrice !

Une lueur de regret de son passé jaillit-elle à ce moment de son âme pervertie ?

Ce ne fut qu'une lueur, en tout cas, et rapidement éteinte, car il continua :

— Mais Delmonte a commandé, j'obéis... je ne puis qu'obéir... il m'impose... il me tient. Je lui suis d'ailleurs reconnaissant aussi, plus reconnaissant même qu'à la comtesse ; il m'a sauvé la vie... Non, je ne pouvais refuser de lui rendre ce service. Etranger au pays, et venu pour quelques heures dans ces parages, je ne cours du moins aucun risque, tandis que lui... on eût remarqué son absence de Canto-gril... et aussitôt soupçonné...

Sur les entrefaites, au loin, apparut M. de Nu rène.

Il venait vers le bois, en longeant le ruisseau.

Pedro, vivement, se rejeta en arrière, et dissimulé r un buisson, le revolver à la main, il attendit.

Mais aussitôt, ses scrupules de tout-à-l'heure de le reprendre, plus intenses, pressants :

— Le mari de ma bienfaitrice !.... Non, je ne peux pas, se répéta-t-il, le sacrifier... Celui-là ne la rend pas malheureuse, comme l'autre... Elle gémirait de sa mort... Je serais un misérable de la faire souffrir... Non, non, je ne veux pas...

Tournant alors les talons, brusquement, il s'enfonça dans le fourré, et sans regarder en arrière, comme s'il eût craint de voir faiblir sa résolution, il se hâta vers la gare.

Le comte, quelques minutes après, arrivait à la clairière, et d'un saut, ainsi qu'il le faisait toujours, franchissait le petit cours d'eau. Mais par une fatale inadvertance, il avait omis de désarmer son fusil. La gâchette rencontra une branche riveraine... le coup partit, et il reçut la charge en pleine poitrine.

Il s'affaissa sans un cri.

Pedro roulait déjà sur Marseille quand survint un chevrier conduisant ses bêtes aux pâturages d'alentour. Comme en ont l'habitude les pâtres dans leur solitude contemplative, il jetait aux échos quelque refrain du pays, indéfiniment répété, monotone et dolent.

Il avait bien perçu dans le lointain une détonation, mais n'y avait pas pris garde. C'était l'époque où la chasse venait de s'ouvrir ; la poudre se faisait entendre un peu partout dans les bois, dans la plaine, sur des points même — et il en existe en Provence — où les Nemrods au petit pied sont plus nombreux que le gibier.

Le chien. cependant allait et venait, faisait le

tour du troupeau, et de temps à autre, poussait en avant des reconnaissances.

Son maître, tout-à-coup, le vit revenir avec des jappements plaintifs, puis repartir brusquement dans la même direction.

Intrigué, il le suivit.

Un cadavre gisait au bord de l'eau.

— Monsieur le comte ! s'exclama l'homme, bouleversé, livide. Est-ce possible !... Mort ! Il ne s'est pas suicidé, bien sûr : il était trop bon chrétien... Qui donc a pu le tuer, lui, si aimé de tous pour sa bonté, si estimé, et si peu fier... Un accident de chasse peut-être...

Il courut tout effaré à la première ferme, demandant qu'on allât au plus tôt prévenir au chalet et à la mairie.

En voyant arriver, précédé de Pascal pleurant, le corps de son mari, Mme de Nurène, prise d'un tremblement nerveux, fût tombée à la renverse si le vieux serviteur ne s'était précipité pour la soutenir... Puis elle éclata en sanglots.

— Pauvre ami ! gémit-elle. Pauvre ami !

Elle ne trouvait d'autres mots pour exhaler sa plainte. Une vision atroce passait et repassait devant ses yeux... deux noms hantaient son angoisse : Delmonte... Pedro...

Au seuil ouvert de la chambre mortuaire se présentait bientôt Delmonte :

— Je viens d'apprendre la foudroyante nouvelle, dit-il, et j'accours me mettre à votre disposition... Croyez à ma très vive sympathie...

Et d'un geste affecté, il lui tendit la main.

Juana l'effleura du bout de ses doigts glacés.

La voix de l'Italien lui avait paru sonner faux. Elle crut même avoir remarqué qu'il avait accompagné d'un regard étrange ses protestations empressées.

Ce regard, Pascal l'avait également surpris, et

tout de suite lui était venu comme à la comtesse un soupçon, le même...

L'aversion de Delmonte pour l'ingénieur ne leur avait, en dépit de ses quotidiennes démonstrations d'amitié, échappé ni à l'un ni à l'autre. Pascal l'attribuait à de fugitives impressions, surtout à un sentiment de jalousie : le voisin des Nurène devait envier leur bonheur. Mais Juana l'imputait à des causes mieux définies : l'ancien agent d'affaires haïssait le mari qu'elle lui avait préféré ; et le père d'Edmond — elle y avait songé, elle aussi, après la sensationnelle entrevue — était un obstacle à la possession de la totalité de la fortune convoitée.

Le fait que la victime n'avait été dépouillée ni de son porte-feuille ni de son arme, ne pouvait au surplus que les entretenir dans leur commune et troublante pensée : « Ce n'est pas le crime d'un vulgaire malandrin... Delmonte n'y est pas étranger. »

Qu'il en fût l'auteur, ils ne le croyaient pas, car il était venu, à dessein, on le devine, de bonne heure dans la matinée, sous un prétexte quelconque, se montrer au chalet. Mais ils avaient le pressentiment qu'il en était l'instigateur.

Delmonte, de son côté, se disait :

— Ils semblent avoir des doutes ; mais je suis certain de mon impunité.

Et en dedans de lui-même, il ajoutait avec un cynisme révoltant :

— Soyons satisfait. Pedro a fait coup double : il m'a vengé d'un rival et nous a débarrassés d'un gêneur.

Il ne pouvait supposer que c'était à une imprudence, à une de ces imprudences de chasseur plus fréquentes qu'on ne le croit, qu'était due la tragique issue dont il se réjouissait.

Et quand, sur des indices sérieux, la Justice eut

conclu à un accident, sa conviction n'en fut pas ébranlée :

— Non, pensa-t-il. C'est bien l'œuvre de Pedro. Il m'a promis de venir. Il est venu. Mais il est très rusé. Il aura par surprise terrassé le comte qui se sera évanoui, et, pour égarer l'enquête, il aura posément déchargé sur lui non son browning, mais le fusil de chasse ; puis il aura transporté le corps sur le bord du ruisseau.

Il lui fallait, en tout cas, dissimuler sa joie, et il dut se composer un visage de circonstance. Il eut surtout à s'observer aux obsèques qui furent presque solennelles, l'ingénieur étant une personnalité de marque de l'endroit et des plus sympathiques. La population de la ville et des campagnes environnantes avait tenu, en effet, en y venant en foule, à témoigner de la considération et de l'estime dont il jouissait.

Derrière le char enguirlandé de couronnes de fleurs naturelles, aux côté de sa fille qui pleurait l'excellent beau-père qu'elle affectionnait, Delmonte marchait la tête baissée, mais ne réussissant qu'à grand'peine à paraître contristé. Aussi bien, dès la cérémonie terminée, s'affranchit-il de l'insupportable contrainte en se dispensant de reconduire, ainsi qu'il est d'usage, à la maison mortuaire, la famille éplorée ; et d'un pas léger, le visage redevenu soudain rayonnant, il regagna Canto-gril.

XVIII

Edmond rentrait de sa longue campagne.

Une lettre l'attendait à son passage à Port-Saïd. Elle était signée d'Henry. Son frère lui annonçait la douloureuse nouvelle.

Juana continuait d'habiter le chalet avec Henry et Inès, n'ayant d'autre diversion que leur tendresse à l'amertume de ses regrets d'épouse et au trouble ravivé de sa conscience.

Allait-elle garder le silence sur l'abominable projet de meurtre d'Edmond ? Elle ne cessait en effet de se le demander. Dieu sait combien de fois elle s'était promis de dénoncer Delmonte ; mais toujours la terreur de l'ancien forçat avait bridé, paralysé ses intentions ; et son âme traversait d'inexprimables angoisses.

Le débarquement en France d'Edmond allait y jeter le désarroi.

Dès qu'elle en fut informée, elle courut comme affolée à l'église où se ravivent, elle le savait, les forces défaillantes. Elle s'y agenouilla dans un coin d'ombre et s'abandonnait aux mains de la Providence quand soudain, comme sous le coup d'une inspiration du ciel, elle se leva, s'inclina devant l'autel et sortit.

C'était l'après-midi. Il faisait un temps d'automne clair et chaud ; mais elle pouvait prendre un raccourci sous bois. Résolument, à pied, elle s'achemina vers Canto-gril.

Il est des moments d'émotion intense où le cœur bat avec tant de force qu'il semble près de rompre ses parois. Juana dut, plus d'une fois, éprouver cette violente sensation, car elle s'arrêtait, puis reprenait sa marche pénible, s'arrêtait encore, se traînant ainsi Quel contraste entre cette nature calme et ses pensées en déroute !

Delmonte la reçut dans son cabinet de travail.

Elle était pâle, avec un pli soucieux entre les yeux cernés.

Elle s'assit, pour ne pas dire : se laissa tomber, dans le fauteuil qu'il lui avançait, puis tout bas, comme pour une confidence :

— Voici Edmond qui nous arrive, fit-elle d'une voix grave et insinuante à la fois... Vous avez renoncé, n'est-ce pas, à l'épouvantable dessein dont vous m'aviez entretenue un jour ?

— Mais, pas du tout, Madame, répondit-il sèchement.

— Vous ne m'en aviez pourtant jamais plus reparlé.

— Vous en reparler ! pourquoi ? Edmond était encore au loin... Mais le voilà revenu. Grande sera sa douleur de ne plus retrouver son père. En dépit de vos sentiments hostiles, vous serez gentille, je l'espère, et le consolerez. Il vous supposera peut-être guidée par l'intérêt, qu'importe ! Il faut ne pas éveiller sa défiance ou, si celle-ci se manifestait, l'endormir. Je n'ai pas besoin de vous redire que, de mon côté, je lui prodiguerai toutes les marques de sympathie possibles et le moment venu... je me chargerai d'assurer, avec sa fortune, la large existence et le bonheur de mon Inès et d'Henry... Je ne crois pas utile, Madame, ajouta-t-il brusquement comme pour couper court à toute insistance, de vous recommander encore le mutisme le plus complet, et je me plais à penser que vous saurez vous montrer prudente.

Juana, désolée, se rendit alors compte de l'inanité de sa démarche. Un silence tomba entre eux, puis, avec un courage qu'elle ne se soupçonnait pas :

— Vous êtes impitoyable, Monsieur, osa-t-elle dire. Puisse Dieu ne pas nous frapper en nos chers enfants !

Et, d'un geste navré, elle se leva.

— Les jeunes gens sont au tennis. Vous ne les attendez pas ? fit Delmonte impassible.

— Non ; pas aujourd'hui.

Il l'accompagna au portail. On se sépara froidement, et toute triste, elle reprit le chemin du chalet, tandis que l'Italien, un sardonique sourire aux lèvres, la regardant s'éloigner, se disait :

— Je lui fais peur. Elle se taira.

Et il remonta vers la terrasse, tout à la pensée criminelle dont il voyait bien proche maintenant la réalisation.

— Elle se taira !... Pouvait-il l'assurer avec tant d'impudence ?

Deux forces opposées dont Juana ne se sentait pas maîtresse, livraient de plus en plus assaut à sa pauvre âme désemparée. Laquelle allait l'emporter, de la frayeur de l'inéluctable et terrible vengeance si elle parlait, ou du cri de sa conscience ?

Cruelle situation où elle ne cessait de se débattre et dont elle ne réussissait qu'avec peine à conjurer la hantise.

XIX

Edmond est au Lavandou.

Il s'était empressé de s'y rendre, guidé par le désir bien naturel d'évoquer en famille la mémoire du cher disparu, mais hanté aussi et poussé par un soupçon opiniâtre, car le soupçon, une fois en nous, on le sait, « demeure caché dans l'intimité de notre être, y travaille et ne s'en va pas à notre gré ».

Pourquoi, bien qu'essayant de s'en défendre, ne parvenait-il pas à le chasser ? C'est que, tout spontanément, en apprenant la fin tragique de son père, lui était revenu et s'était comme implanté en lui le souvenir des énigmatiques sous-entendus de son compatriote de Rio et du Brésilien de Porquerolles. Ce dernier n'avait-il pas été jusqu'à lui dire : « Je crois ce Delmonte capable de tout » ?

Il s'efforça néanmoins de bannir, en arrivant au Lavandou, ces tristes suggestions.

A la gare où l'attendait Henry, les deux frères, avec une émotion douce et poignante à la fois, s'étreignirent longuement, puis ils s'acheminèrent d'abord vers le cimetière.

— Et l'assassin ? est-il sous les verroux ? intergea aussitôt Edmond, repris soudain par son obsédante pensée.

— Mais, ne t'ai-je pas écrit de quelle manière avait succombé notre malheureux père ?

— Oui... d'après la Justice.

— Tu sembles en douter... comme maman et notre vieux Pascal...

— Ah ! ils ne croient pas non plus à un accident? Père était en effet si prudent !

— Il aurait été alors victime d'une vengeance... mais de qui ? On ne lui connaissait pas d'ennemis. Un étranger a bien été aperçu, ce matin-là aux alentours du bois fatal ; mais il avait le pas de promenade du touriste et rien dans son allure qui pût faire soupçonner un malfaiteur.

— L'enquête judiciaire s'en est alors tenue aux apparences — à des apparences impressionnantes, je le reconnais, mais habilement préparées peut-être... Enfin !... Remettons-nous, mon cher Henry, à la justice de Dieu.

Ils arrivaient à la funèbre enceinte.

Le comte y reposait près de sa première femme.

Ils s'inclinèrent sur la tombe étincelante de fleurs fraîches, et après quelques minutes de recueillement pieux, séchant leurs larmes, ils continuèrent sur le chalet.

Le cœur d'Edmond, encore qu'il s'en fût défendu, s'était bien serré en retrouvant mariée celle qu'il avait aimée, dont il avait rêvé pour femme. Mais il avait su mettre entre lui et son éphémère idylle, la mer — ce merveilleux refuge contre les déboires et les peines éprouvés à terre — et il ne voyait plus en elle que la sœur charmante qui rendait heureux son jeune frère.

L'accueil d'Inès fut des plus affectueux, bien qu'emprunt d'une imperceptible gêne, et celui de la comtesse presque cordial, à la grande et agréable surprise de l'enseigne ; il avait tant craint que leur rencontre ne lui fût cette fois plus particulièrement pénible !

Delmonte n'avait pas attendu le lendemain pour lui apporter ses condoléances. Edmond, en le voyant, avait senti se réveiller ses préventions ; mais il s'efforça de les refouler devant cette marque de sympathie empressée.

Il n'accueillit pas moins, dans la suite, avec réserve les amabilités dont le père d'Inès ne cessait de le combler, venant souvent en voisin le prendre pour des promenades intimes, prétendait-il, et auxquelles, d'ailleurs, participait le jeune ménage.

Celles-ci s'étaient d'abord limitées aux environs immédiats du Lavandou — il en est de ravissantes dans la région. — Mais, en rentrant un soir d'une délicieuse halte sous les ombrages de La Fossette, Delmonte proposa une longue et lointaine excursion.

— Vous connaissez les Bormes, sans doute ? dit-il à Edmond.

— Oui ; mon père m'y a conduit dans mon enfance, et je me représente très bien encore le village blotti parmi les hautes collines comme un petit coin pittoresque du passé avec sa vieille église, son vieux donjon, ses vieux moulins, ses vieilles maisons en bordure de ruelles étroites fuyant sous des arcades.

— Et vous y êtes monté par la grand'route semée d'eucalyptus ?

— Oui ; en voiture.

— Le croiriez-vous ? Je n'ai jamais pu obtenir que le comte ni Henry gravissent avec moi par les roidillons la colline de Bormes et encore moins le pittoresque sentier qui du bourg mène à l'antique chapelle de N.-D. de Constance — sentier très rude, paraît-il; mais de là-haut, le panorama serait merveilleux. J'ai pensé que l'excursion n'effrayerait pas vos solides jarrets de marin... Faisons-nous l'ascension, dès l'aube, demain ?

— Je veux bien, répondit Edmond.

Et comme averti par quelque prescience du cœur :

— Et vous, Inès ? Et toi, Henry ? vous ne vous décidez pas ?

— Ce sera pour une autre fois. Nous avons précisément demain à Hyères une très attrayante réunion à laquelle nous nous sommes engagés à nous rendre.

— Nous pourrions remettre la partie, insinua Edmond.

— Non, non, protesta la jeune femme. Profitez de la série de beau temps.

— Disons aussi, glissa malicieusement Henry, que Madame déteste se lever tôt.

— Et que Monsieur a horreur de la marche, riposta prestement Inès, piquée.

— Allons, allons ! pas de petite scène conjugale, fit en riant Delmonte.

Et se tournant vers Edmond, il ajouta :

— Nous irons donc seuls tous deux. Je vous ménage en chemin une surprise. Nous en avons fait, votre père et moi, la découverte un jour que nous chassions au pied de la colline... Vous verrez...

Juana, mise au courant de leur projet par Henry, se sentit pâlir et frissonner. Elle sut cependant se maîtriser devant son fils ; mais dès qu'elle fut seule dans sa chambre.

— C'est le guet-apens ! gémit-elle. L'heure terrible est venue où il me faut m'associer par un silence coupable à un crime ou, quoi qu'il puisse advenir de moi, le conjurer.

La tête dans ses mains moites, elle demeura quelques instants immobile, debout, puis, résolue, se précipita dans l'escalier et courut au pavillon où logeait Pascal à l'entrée du jardin.

Celui-ci était assis devant sa porte, fumant sa bonne pipe de bruyère — son inséparable amie.

— Madame est toute blanche... Madame est souffrante ? bégaya le brave homme en se levant vivement.

— Venez, lui répondit-elle.

Et elle l'entraîna sous la charmille où à voix basse, très basse, encore qu'elle n'eût d'autres témoins de sa grave confidence que les mésanges familières cachées dans les branches, elle l'entretint du danger qui menaçait Edmond et du concours qu'elle attendait de son dévouement.

— Vous pouvez compter sur moi, Madame, murmura-t-il, profondément ému.

Et il se retira.

Un silence triste et doux enveloppait la nature assoupie. Juana s'abandonna un moment à la fraîcheur et à la sérénité du soir, toujours anxieuse mais la conscience apaisée, et regagna ensuite ses appartements.

Peu après l'y surprenait la sonnerie du dîner.

Elle descendit à la salle à manger où déjà se trouvaient réunis Edmond et le jeune ménage.

A table, elle s'attacha du mieux qu'elle put à se dominer ; mais quelque soin qu'elle prît de s'observer, l'obsession d'une angoissante pensée se trahissait à l'altération de ses traits : « Pascal réussira-t-il à préserver son maître ? »

— Vous paraissez inquiète, mère, lui dit affectueusement Inès à la fin du repas, en lui donnant le bras pour passer sur la terrasse.

— Non, ma chère enfant... Les tristes souvenirs m'assiègent certains jours plus que d'autres...

— Allons, maman, intervint Henry, chassez vite ces vilains papillons de nuit, et contemplez le ciel étoilé d'or qui nous sourit.

— Il n'y manque, ajouta Edmond, que la belle Croix du Sud de votre merveilleux pays.

Et le jeune officier de se remémorer comme il aimait à rester en extase devant la belle constellation qui guidait les premiers navigateurs des lointains Océans et comme il s'oubliait à rêver en l'admirant.

Des aboyements furieux et prolongés leur firent soudain dresser les oreilles.

— Qu'est-ce donc ?

— Pascal va s'en rendre compte et nous le dire... Un maraudeur qui se sera laissé surprendre, sans doute.

Et sans y prêter plus d'attention :

— Ce bruyant concert dans les ténèbres, demanda Edmond à sa belle-mère et à Inès, ne vous en rappelle-t-il pas un assez curieux de votre pays?... Non?... Je ne sais s'il égaye les forêts du Brésil. Celles de la Guyane qui touchent aux vôtres, en retentissent en tout cas chaque soir désagréablement. C'est la nuit en effet, si étrange que la chose paraisse, oui, la nuit que le silence si impressionnant de ces immenses grands bois se trouve profondément troublé. A l'heure où dans les proches habitations les colons aspirent au repos désiré, des cris stridents se font entendre, exagérés encore par les échos, le son se propage si aisément dans ces vastes étendues de verdure !... Et quels sont ces tapageurs nocturnes ? non pas des chats sauvages, mais des alouates ou, en langage vulgaire, des singes hurleurs, pas plus gros que des sapajous, qui dans l'ombre se poursuivent à travers les arbres, se querellent, se battent. A les voir si petits, on hésite à les croire doués d'une voix si puissante.

— La colère de nos chiens se calme... ou on la calme plus vite, heureusement... dit Henry... la voilà presque apaisée déjà. Elle ne chassera pas ton sommeil. Tu dois en effet te lever très tôt demain.

A ces derniers mots, Juana que semblait avoir intéressée et momentanément distraite le récit d'Edmond, se sentit courir dans les veines un frisson.

Se, levant alors brusquement :

— Il fait frais. Je vais rentrer, dit-elle.

Et allant à Edmond, elle lui souhaita le bonsoir.

Il parut au jeune homme, en lui serrant la main, qu'elle tremblait légèrement ; mais il ne s'arrêta pas à cette impression :

— Elle n'avait pas pris son écharpe, et se sera refroidie dehors, pensa-t-il.

Et sortant de sa poche son étui à cigarettes, il en offrit une à son frère, et tous deux se mirent à deviser gaiement et avec insouciance en faisant les cent pas au jardin.

Inès, cependant, qui avait suivi sa belle-mère au salon, s'était assise au piano et lui jouait quelques pages de Chopin, sa musique de prédilection.

Mais la comtesse qui s'était approchée du guéridon et feuilletait machinalement une Revue illustrée, l'écoutait à peine. Sa pensée n'avait pas quitté Edmond d'une seconde, et lorsque rentrée chez elle et couchée, elle eut éteint sa lampe, tandis que le jeune homme déjà dormait du lourd sommeil qui suit les longues heures de plein air, des visions atroces lui passaient et repassaient devant les yeux, la jetant dans une agitation extrême qui la tint péniblement éveillée.

XX

Pourquoi, en quittant le chalet au petit jour le lendemain, Edmond songea-t-il tout-à-coup — et une fois de plus — au grave avertissement du Brésilien ?

Il s'était dit jusque-là qu'il ne pouvait être l'objet de la part de Delmonte que d'une spéculation d'argent, d'une tentative d'escroquerie peut-être, et qu'il ne se prêterait en tout cas à ses sollicitations qu'après avoir consulté son notaire. Il eut beau, ce matin-là se le répéter, les paroles de l'étranger le hantèrent, surtout aux approches de Canto-gril.

Au moment où il y arrivait, s'égrenaient dans l'air calme et parfumé les notes ailées de l'Augelus. Il était en avance et sonna néanmoins au portail de la villa.

— Je vous rejoins, lui cria aussitôt Delmonte de la terrasse où il l'attendait.

Et d'un pas alerte il en descendit les degrès, la figure réjouie.

On s'étreignit les mains et on se mit en route.

L'avenue où ils s'engagèrent, toute pittoresque avec ses cottages fleuris de géraniums sur toute la longueur des grilles, était à cette heure presque déserte.

Ils ne croisèrent que deux ou trois maraîchers dans leur petite carriole bondée de légumes, et un peu plus loin, à hauteur du sentier, conduisant à la mer, un douanier qui rentrait de sa tournée — d'une de ces tournées que l'on fait seul parfois, en pleine obscurité et par tous les temps pour surveiller, fouiller des yeux les abords du littoral.

Distrait des rêveries dont se peuple la solitude de ses longues veilles errantes, l'agent parut surpris et salua militairement.

Edmond l'arrêta :

— Bonjour, Laguier. Tu as donc abandonné la marine ?

— Oui, lieutenant... sitôt fini mon engagement... je me suis marié.

— Et pour rester constamment près de ta femme, tu as fait comme bien d'autres, tu as renoncé à la navigation ?

— C'est un peu... même beaucoup pour çà, mais aussi « rapport à mes parents » qui se faisaient vieux, voulaient m'avoir près d'eux.

— Et tu ne regrettes pas la mer ?

— Que si, lieutenant ! Quand je vois passer au large de gros bateaux, je me reporte à mes campagnes et je voudrais revoir des pays.

— Ton métier, cependant...

— N'est pas déplaisant, mais si monotone quand je le compare à celui de marin ! Toujours à suivre la même côte en se guidant la nuit, pour ne pas dégringoler d'une falaise, sur les pierres blanches semées dans les sentiers toujours les mêmes que l'on suit. Tenez, je retournerais bien avec vous, Lieutenant.

— Et ta femme ?

— C'est vrai. J'ai trouvé le bonheur avec elle, et ça me ferait de la peine, comme à elle, de nous séparer... C'est qu'en vous revoyant, tout mon bon temps de navigateur m'est revenu et m'a remué le cœur.

Ils échangèrent quelques mots encore de cordiale sympathie, et le douanier s'éloigna.

— Nous l'avions comme canonnier sur le Croiseur-Ecole, confia Edmond à Delmonte.

Et ils se remirent en marche.

Les voici en plaine.

A la lumière attendrie du matin défilent sous leurs yeux le vert tendre des vignes, la pourpre des coquelicots parmi les céréales frissonnantes, le gris argenté des oliviers. De ci de là, des buissons ardents de genêts tachent d'or les haies et leur envoyent des bouffées de leur délicat parfum. La nature est en pleine explosion de sève.

De transparentes vapeurs annonciatrices d'une belle journée traînent sur les côteaux.

Le ciel est pâle encore ; mais bientôt l'horizon qui rougeoie part une première flèche lumineuse. Elle va prendre en écharpe, au point culminant de Bormes, les tours du vieux château, puis les rayons descendent vers la plaine et l'inondent de clarté.

Les fermes ouvrent leurs portes. Des voix lointaines de chanteclers, des abois de chiens, des bêlements, des bruits de charrue qu'on traîne aux champs, traversent le silence, et bientôt dans les prés, à la lisière des taillis se répand, avec le joyeux carillon de clochettes remuées, la « tache errante des troupeaux ».

La campagne s'éveille, s'anime.

Delmonte a de trop absorbantes préoccupations pour s'arrêter aux poétiques ambiances. Mais Edmond trouve le plus grand charme aux choses champêtres et jouit de l'heure délicieuse, ne prêtant qu'une attention polie à la conversation plus ou moins banale de son compagnon, s'en abstrayant même parfois, perdu dans la contemplation du paysage.

Il est de par le monde des sites féeriques, grandioses, fantastiques qui émerveillent le touriste et laissent indifférents ceux qui en ont chaque jour l'enviable spectacle... Indifférents ? non, peut-être, car ils en reconnaissent la beauté, souvent même en sont fiers et se plaisent à la vanter, mais insensibles à la longue.

Cette impression en quelque sorte banale de l'habitude se manifeste surtout dans les loitaines contrées où demeure perpétuelle et immaculable la luxuriante végétation dont les a dotées le Créateur.

Edmond se souvint à ce moment d'un voyage où il avait ramené en France des coloniaux. Comme il ne tarissait pas de louanges sur leur beau pays : « La nature y est splendide, assurément, Monsieur, lui avaient-ils répondu, mais d'aspect constamment le même. Ce n'est pas comme en Europe où la variété des saisons tient en haleine l'admiration. Devant la tristesse de l'hiver glacial vous soupirez après le printemps, et celui-ci ne nous en paraît que plus délicieux et plus gai. Chez nous, c'est l'éternel été. Question d'oppositions ! »... Il y a en cela du vrai, se dit alors Edmond en embrassant d'un regard d'amour le ravissant décor qui le sollicitait, qui toujours le charmait.

Les promeneurs atteignent bientôt un cours d'eau, une de ces petites rivières qui rappellent les fleuves de la Grèce avec, sur ses bords, tantôt le paysage sec et aride, tantôt et tout-à-coup le frais bosquet et l'ombrage, comme pour l'Eurotas... et c'est le même ciel bleu.

Un bruit soudain les surprend, un bruit de battoir mêlé à des voix de femmes.

— Des femmes bien matinales !... à laver leur linge déjà !...

— Et en jasant... et en chantant... écoutez.

— Comme elles sont gaies ! On ne sait ce qui chez elles s'agite le plus, de la langue ou des bras... Elles se dépêchent en tout cas, voyez, c'est qu'il leur faut être à l'heure pour le travail à la ville... Elles savent aussi qu'elles n'ont d'autre abri contre l'ardeur du soleil que l'ombre des roseaux et que celle-ci, avant longtemps, leur fera défaut.

Là, en effet, pas un arbre. Des champs, de vastes champs viennent seuls effleurer les berges.

Mais en amont, quel changement de tableau !... sous le même ciel bleu !...

Ce ciel, pourtant, Delmonte et Edmond, à de certains moments ne l'entrevoyent plus que par d'étroites échappées dans les branches des ormeaux, des chênes et des hêtres qui se marient au-dessus de leur tête.

Comme il est frais, comme il est prenant le petit ruisseau qui sous ce dais de feuillage se glisse en filet argenté parmi les roches moussues ou en nappe transparente sur un lit de fin gravier ou en cascatelles doucement murmurantes !

De le voir, d'entendre son babil, le cœur d'Edmond n'en est pas moins étreint... Il songe que c'est sur ses bords qu'a péri mystérieusement son malheureux père... et il s'en écarte.

Delmonte a remarqué le mouvement ; mais il n'en laisse rien paraître et continue à marcher à ses côtés.

Entre temps et d'aussi près que possible un homme les suivait, se dissimulant derrière les haies et les bouquets d'arbustes, dans les plis de terrain, se courbant, rampant en quelque sorte aux endroits découverts, ne les quittant un instant des yeux.

C'était Pascal.

Il veillait sur son jeune maître.

Une idée, cependant le hantait : si contre Delmonte — plus vigoureux peut-être — il allait se trouver impuissant à le protéger !...

Il fallait prévenir une aussi désastreuse éventualité.

Sur leur route était la ferme des parents de Jean, le frère de lait d'Edmond.

Il alla le quérir, et après lui avoir rapidement fait part de sa vigilante mission :

— Veux-tu m'accompagner, dit-il, pour au besoin me prêter main forte ?

— Bien sûr, acquiesça sans hésiter le jeune paysan.

Et tous deux de se mettre à courir pour regagner le terrain perdu.

Edmond et l'Italien arrivaient peu après au bois de Bormes et tout de suite y pénétraient.

Pascal et Jean, hâtant le pas, se glissèrent à leur tour, avec prudence, d'un tronc à l'autre, sous la futaie.

Ils n'y trouvèrent plus le parfum des mimosas qui, disséminés, on le sait, parmi les grands arbres, égayent les hivers dans ces parages enchanteurs. Mais les genêts encore en fleurs embaumaient l'atmosphère, et l'herbe, un peu partout, étincelait des taches jaunes, blanches, purpurines ou rosées des cytises, des asphodèles, des silènes, des cistes, des fraxinelles.

Le soleil, entre temps, s'était élevé au-dessus de l'horizon, et la lumière, filtrant à travers les frondaisons, coulait en rayées d'or sur le sol feutré de feuilles sèches qu'ils foulaient lentement.

A leurs yeux, tout-à-coup, sur une petite éminence, au fond d'une clairière, se découvrit une silhouette de maison en ruine.

Le toit s'était effondré, et des retombées de liserons piquées de corolles bleues, blanches et mauves voilaient la nudité des murs noircis par le temps.

De chaque côté du perron, des touffes de rosiers, objet jadis de tant de soins, se détachaient avec leurs belles fleurs épanouies sur le remblai. Comment ont-elles pu résister aux intempéries ?... La nature a de ces fidélités qui sont comme un reproche de l'abandon des hommes.

Le chemin d'accès n'était plus qu'un sentier envahi par la brousse et de ci de là traversé de ronces aventurières, mais tout parfumé de thym et de romarin.

Delmonte s'y engagea, et tout en étêtant des chardons du bout de sa canne, avec un luxe de détails cueillis pour la circonstance dans le premier Guide venu, il présenta la bâtisse comme un vestige des postes si nombreux en Provence de l'occupation sarrasine, alors qu'elle n'était selon toute vraisemblance qu'une demeure de Garde forestier délaissée depuis les regrettables déboisements de cette région des Maures.

En réalité, il n'avait d'autre but que de le distraire en l'étourdissant d'un flux de paroles ininterrompu.

— Ah ! dit-il en s'arrêtant soudain, voici un de ces anciens puits comme on n'en rencontre plus guère — sans margelle de pierre, avec, simplement pardessus, des soliveaux entrecroisés sous un petit dôme... Tiens ! A l'un d'eux est attaché un bout de corde. Des chevriers doivent s'en servir pour donner à boire à leurs bêtes... dans cette auge taillée en quelque tronc de chêne — voyez, là, sous les hautes herbes — et toute rongée de vétusté

Edmond, sans méfiance, s'était rapproché.

Insensiblement, alors, Delmonte passa derrière le jeune homme, et après avoir d'un coup d'œil exploré les alentours, brusquement, d'une violente poussée, il le précipita dans le trou béant.

Puis, comme le criminel, qui son coup fait, redoute machinalement quelque surprise, il s'enfuit de toute la vitesse de ses jambes.

Mais Pascal, d'un buisson où il s'était caché, avait vu l'épouvantable geste.

— Sus au bandit ! cria-t-il à Jean.

Et il s'élança au secours de son maître.

Alerte et robuste, le jeune paysan eut tôt fait de rejoindre Delmonte et de le réduire à l'impuissance.

Celui-ci, les yeux démesurément ouverts, demeura muet de stupeur ; mais vite se ressaisissant :

— Pourquoi m'arrêtez-vous ? hurla-t-il. Je courais chercher de l'aide. Un homme vient de tomber dans un puits.

— Dites qu'il vient d'y être jeté par vous, riposta Jean, outré.

Et sans un mot de plus, resserrant son étreinte, il l'entraîna vers Pascal.

— Je suis perdu, gronda Delmonte en apercevant le vieux serviteur. La comtesse m'a trahi.

Sa figure n'en prit pas moins une expression de contentement féroce :

— J'ai atteint mon but malgré tout ! murmura-t-il entre ses dents. Edmond est mort. Mon Inès jouira de sa fortune.

Il se trompait. Ce n'est pas en vain qu'Edmond avait toujours placé sa confiance en la divine Providence. Un des soliveaux qui s'était on ne sait depuis quand détaché du dôme et avait glissé dans le puits, était resté arc-bouté à une interstice de la maçonnerie, à un mètre environ de l'orifice. Edmond l'avait rencontré dans sa chute et s'y était instinctivement cramponné.

Il avait fort heureusement conservé son sang-froid et s'était rendu compte qu'il risquait, s'il s'agitait sur la pièce de bois, de la déplacer et d'être avec elle projeté dans le gouffre.

— Je n'ai d'autre ressource, songea-t-il angoissé, que d'attirer l'attention d'un passant, d'un chasseur peut-être qui viendrait en ces parages.

Et il lança aux échos un appel prolongé.

Au même instant, ébahi, il vit paraître Pascal.

— Vous, ici !

— Ne bougez pas ! bégaga le brave homme, tremblant d'inquiétude.

Et se couchant à plat ventre sur le sol, puis se penchant un peu, il se saisit des vêtements d'Edmond qui, alors, prudemment, sans secousse, se dégagea de sa périlleuse position.

— Merci, mon Dieu ! s'exclama-t-il spontanément... Merci à vous aussi, mon vieil ami... Mais comment se fait-il que vous vous soyez trouvé là ?...

Il s'interrompit en voyant arriver Jean et son prisonnier.

— Sauvé ! Il est sauvé ! rugit Delmonte, la bouche crispée en un rictus démoniaque.

— Le misérable ! jeta Edmond dans un élan d'irrésistible indignation.

Puis se dominant, et avec calme :

— Lâche-le, dit-il à Jean.

Libre de ses mouvements, s'il n'avait écouté que sa rage, Delmonte eût bondi sur Edmond, avide de renouveler son affreuse tentative. Mais Pascal et Jean étaient là qui de très près le surveillaient. Fuir ? Il n'y songea pas. Réussit-il d'ailleurs à leur échapper qu'ils demeureraient les témoins accablants de son forfait, qu'ils le dénonceraient, le feraient reprendre...

— Je suis perdu ! se répéta l'ancien forçat.

Il vit à ce moment, comme en l'espace d'un éclair, se dresser devant ses yeux effarés la Cour d'Assises et le Bagne, le bagne maudit qui de nouveau le guettait et dont la seule pensée le faisait frémir.

Réfléchissant alors que sa condamnation plus que sa mort nuirait à son Inès, et tout sentiment religieux qui eût pu le retenir étant en lui depuis longtemps éteint, d'un bond il se précipita tête baissée dans le puits.

— Le malheureux ! Secourons-le, s'écria Edmond.

Son âme chrétienne ignorait la rancune.

Jean courut aussitôt à la recherche d'une corde à l'habitation la plus proche.

Mais quand il revint et qu'il se fit descendre vers Delmonte, celui-ci avait succombé à l'asphyxie, il n'avait pu ou n'avait voulu s'arrêter dans sa chute au soliveau.

Jean n'eut qu'à nouer solidement le cadavre, et on les remonta.

S'il n'avait été si prompt à se donner la mort, Delmonte eût peut-être été touché des paroles généreuses qui étaient venues aux lèvres d'Edmond et que le saisissement y avait retenues. D'en haut, malgré tout, et dans la pensée qu'elles adouciraient, s'il pouvait encore l'entendre, les derniers instants du criminel, le jeune homme les lui avait criées : « Vous êtes le père d'Inès. Nous ne lui dirons, à elle ni à personne, l'attentat dont vous vous êtes rendu coupable... Repentez-vous, et que Dieu vous pardonne ! »

De fait, le secret devait être bien gardé.

Inès ne sut jamais de quel crime s'était souillé son père avant de se détruire. Elle ne s'était d'ailleurs jamais doutée des antécédents honteux et avilissants de celui qui l'avait entourée d'une si ardente tendresse, et très profonde, très touchante avait été sa désolation de l'avoir perdu.

Henry n'eut pas davantage à rougir de son beau-père. On le laissa également dans l'ignorance de l'horrible drame.

Seule, Juana en fut confidentiellement instruite par Edmond accouru pour la remercier de sa précieuse intervention. Pascal avait en effet rapporté à son jeune maître les soupçons de la comtesse et l'ordre qu'il avait reçu de le suivre durant sa promenade.

Le cœur de la jeune femme en avait été allégé d'un grand poids... Mais elle ne pouvait songer à une quiétude d'âme complète : la mort de son premier mari toujours la tourmentait.

XXI

Un an s'est écoulé.

Inès et Henry, discrètement d'abord en raison du deuil de leur père, puis plus librement ont repris leur existence mondaine.

Ils habitent toujours le chalet qu'Edmond a gracieusement laissé à leur disposition.

Mais la jeunesse de notre époque — la jeunesse riche et oisive s'entend — a la folie du mouvement que favorise, il est vrai, grandement la merveilleuse extension des moyens mécaniques de locomotion tant aérienne que terrienne... Et le jeune couple, comme il le dit lui-même, « est tout-à-fait dans le train ».

Les fêtes et les sports sont demeurés leurs passe-temps favoris. Hyères et Costebelle surtout continuent de les attirer... et il n'est pas jusqu'au yachting qui ne les ait un jour séduits.

A la suite de délicieuses promenades en rade de Bormes et des Salins sur le joli cotre d'un ami d'Henry, il leur prit en effet la fantaisie de s'offrir une barque de plaisance.

— Ce n'est pas tout de s'en acheter une, s'objectèrent-ils d'abord très sensément ; il faut l'entretenir, rémunérer un patron... et nous n'avons pas l'or d'Edmond.

— Mais le jeu — une fois n'est pas coutume — pourrait nous payer ce caprice. Si nous allions tenter la chance ! hasarda Henry.

— A Monaco peut-être ?... Oh non, Monaco m'a toujours effrayée.

— Tiens ! Le fameux Casino a pourtant la réputation de passionner les dames.

— Soit. Mais sait-on combien en ont gémi ?

— Allons, chérie, ne t'inquiète pas. Nous n'engagerons qu'un billet de mille, et s'il se multiplie — il est bien permis de l'espérer, — à la roulette, un élégant petit bateau que nous baptiserons « Inès » viendra sous peu se joindre à la flottille du Lavandou.

— Démon tentateur ! lui jeta la jeune femme avec un sourire annonciateur de l'imminente capitulation... Alors, tu promets d'être raisonnable.

— Tu as ma parole.

Parole de joueur ! on la connaît, fût-elle d'un joueur occasionnel comme allait l'être Henry.

Le voilà en effet, quelques jours après, avec Inès, dans l'Eldorado de Monaco, fiévreux l'un et l'autre autour du tapis vert pris d'assaut comme d'habitude.

Ils se montrent du regard les personnes assises devant leurs gains ou les bribes de leur apport, celles-ci l'air anxieux, suivant d'un œil avide les bonds de la petite bille, celles-là comme figées dans un calme frisant l'indifférence, habituées sans doute à flotter entre les complaisances et les bouderies de dame Fortune.

Henry, cependant, risque sa mise. Il gagne. Il la double. Il gagne encore.

Une flamme de joie dans les prunelles, doucement à la dérobée, il presse la main de sa femme.

Mais voici que la radieuse lueur dont s'était éclairé son visage s'efface... Il a perdu... La limite des mille francs est vite atteinte et bientôt dépassée, car en dépit de « sa parole », il a jeté sur la table d'autres billets dont il s'était secrètement muni.

Il s'acharne. Inès veut le retenir, l'éloigner. Il résiste, et après une ou deux passes heureuses qui n'ont fait qu'attiser sa confiance, il perd encore... il perd toujours... c'est enfin le désastre.

Et les voilà maintenant sur le chemin du retour, plus que mornes, dans un compartiment du train de Nice qu'animent de leurs rires et gais propos deux tout jeunes gens.

— Des favorisés du sort ! soupire Henry à l'oreille d'Inès.

Il semble abattu.

— Secoue-toi donc, lui dit-elle tout bas avec une affectueuse rudesse. On nous observe. Ne croirait-on pas, à te voir, que nous sommes ruinés ?

— Ruinés, non ; mais c'est une brêche qui nous contraindra, ma pauvre amie, à restreindre nos plaisirs.

— Et bien, on « frènera ».

— Ton père avait raison de t'appeler « petite philosophe », fit-il, souriant malgré lui, mélancoliquement.

Tout-à-coup, il se frotta les mains... une idée qu'il qualifia de lumineuse, venait de lui traverser l'esprit.

Inès, distraite par le spectacle de la mer brisant à la clarté de la lune sur les fantastiques rochers du Cap Roux, ne s'aperçut de rien, ce dont il se félicita.

— Non, se dit-il, on ne frènera pas.

Le lendemain, quand ils rentrèrent au chalet, il avait repris son air accoutumé, et ce fut d'un ton presque dégagé qu'après avoir embrassé sa mère et devançant la question prévue, il lui dit :

— Tu sais, maman, nous revenons le gousset vide.

— Vous avez joué à Monaco... Je m'en doutais. Et la roue de la Fortune ?...

— A tourné à contre-bord, comme dirait Edmond.

La pensée d'Edmond ne le quittait plus. Avec une fébrile impatience, il attendait son habituelle visite.

Le jeune enseigne, alors embarqué à Toulon, arrivait en effet le soir même « en béatitude ».

La jalousie de sa belle-mère avait enfin désarmé, et son attitude, sans être tout-à-fait cordiale, n'était plus malveillante. Il venait plus volontiers à Ko-kélyko, mais n'y faisait que de très rapides séjours.

Les deux frères dont l'affection ne s'était jamais démentie, se promenaient en fumant leur cigarette dans le jardin.

— Comme il fait délicieux ici, et quel calme ! dit Edmond toujours heureux d'être sorti pour vingt-quatre heures des sujétions et des bruits du bord.

— Que je t'envie ! glissa Henry.

— Et de quoi donc ?... Tu n'es pas à plaindre, que je sache. Les jours ne sont-ils pas tissés pour toi de plaisirs ?

Et devant un vague geste de dénégation de son cadet :

— Qu'y a-t-il ? ajouta Edmond... Il m'avait paru que vous n'aviez pas tout-à-l'heure à table, Inès et toi, votre exubérante gaieté coutumière. Auriez-vous quelque ennui ?

— Nous payons cher une folle imprudence.

— Une imprudence ?

— Nous avons, pour satisfaire une fantaisie, risqué une grosse, grosse somme, et nous l'avons perdue.

Henry fit alors le récit de la fatale soirée de Monaco.

— Tu te doutes, continua-t-il, un peu gêné, de la répercussion d'une telle malchance sur nos chères habitudes... et j'ai pensé à toi pour me consentir une avance...

— Quelle belle occasion de te chapitrer, petit frère, lui dit familièrement Edmond avec son instinctive bonté... Mais rassure-toi, s'empressa-t-il d'ajouter en voyant se froncer les sourcils du cher solliciteur. Vous avez réglé, Inès et toi, votre existence suivant vos goûts. Je ne saurais me départir de la discrétion dont se sont toujours et heureusement ressentis nos rapports fraternels. Je ne me suis jamais permis que de te demander un service...

— Un service que je t'ai refusé...

— Et dont je me proposais de te reparler ce soir même. Oui, mon petit Henry, mes continuels déplacements m'interdisent toute suite dans la gestion de mes intérêts. Dis-moi que tu veux bien enfin te charger de la direction du domaine. Ce sera pour toi une occupation sérieuse dont ne souffriront d'ailleurs pas vos pratiques mondaines, et tu allègeras Pascal d'un fardeau de plus en plus lourd à ses vieilles épaules.

— Mais je ne m'entends nullement, tu le sais bien aux choses agricoles, objecta faiblement Henry.

— Soit. Mais tu disposeras de l'expérience de Pascal. Et puis — je n'ai guère été en contact avec les fermiers, mais je l'ai bien souvent entendu dire à notre père — on ne considère pas seulement leurs travaux, on s'intéresse à leur vie familiale, à leurs fêtes de la fenaison, des vendanges... Inès, de son côté, si bonne, gâtera leurs petits, visitera leurs malades... et tous deux vous serez aimés, aimés de ces braves gens comme l'ont été nos parents... Tu acceptes, n'est-ce pas ?

La cause était gagnée, Edmond le comprit au silence de son frère ; et sans attendre que celui-ci exprimât son adhésion, lui posant affectueusement la main sur l'épaule, il ajouta :

— Quant à votre mésaventure de Monaco, vous l'oublierez. Je te signerai un chèque tout-à-l'heure.

— Que tu es gentil !... Merci, protesta Henry, très touché... Tu fixeras une échéance ?

— Nous n'en parlerons jamais, monsieur mon mandataire. Ce sera, si vous le voulez bien, pour vos frais de déplacement.

Edmond devait bénir le ciel de son heureuse inspiration, Henry, dans une belle réaction de vaillance et par un sentiment de délicatesse que l'on devine, a pris à cœur son rôle de gentilhomme campagnard. Il s'est attaché enfin à des choses utiles — bienfaisante diversion à sa vie très vide de mode et de snobisme.

XXII

Quelques jours après, Juana recevait du Brésil une lettre alarmante. Son père que minait un mal inexorable, sentant sa fin prochaine, demandait à sa fille de venir lui fermer les yeux.

Elle n'avait jamais tenu rancune à ses parents de l'avoir dans son enfance et sa prime jeunesse bien peu choyée. Elle s'était rendu compte que leur affection n'avait été qu'ennuagée par leur âpreté au gain, et toujours elle leur avait gardé la sienne.

De Rio elle venait leur faire à Santos de rapides visites, seule d'abord, puis avec son petit Henry et parfois même — ce qui les touchait infiniment — avec le comte. Et comme si leur cœur avait voulu se dédommager des tiédeurs d'antan, ils s'étaient mis à l'aimer d'une tendresse de plus en plus démonstrative. Aussi bien son départ pour la France les avait-il laissés sous une impression de tristesse qu'avait peine à dissiper le travail auquel, en dépit de l'âge, ils n'avaient cessé de se livrer.

La santé de son père avait à la fin chancelé. Longtemps étayée par robuste constitution, la maladie allait l'emporter.

Il dut renoncer d'abord au gros ouvrage manuel ; mais il continuait d'avoir l'œil à tout, « le moral était resté bon », ainsi que le disait sa vaillante femme.

Du jour, par contre, où ses jambes refusèrent de le porter, et qu'il lui fallut garder la maison, il se laissa envahir par la mélancolie, s'intéressant toujours malgré tout à la terre, objet, depuis tant d'années, de ses soins, de ses soucis, de ses rêves de prospérité, mais se consumant en regrets de ne plus pouvoir aller ici, là, contempler dans la plaine et sur les coteaux ses vignes riches — suivant les saisons — de promesses ou de lourdes grappes, ses champs de blé d'un vert tendre ou d'un blond doré frissonnantes sous les caresses du soleil, ses plantations de café renommées dans le pays.

Le moment vint pourtant où toutes ces choses qui tant lui tenaient au cœur, le laissèrent indifférent. Ce fut alors que se sentant décliner rapidement, le vieillard manifesta le désir d'embrasser, avant de mourir, sa chère fille.

Juana répondit au navrant appel en allant s'embarquer sur le premier paquebot de passage à Lisbonne.

Elle venait, après le long voyage en chemin de fer, de réparer le désordre de sa toilette et sortait de sa cabine, lorsqu'un homme jeune encore et de mise très élégante, fit quelques pas vers elle et s'inclinant profondément :

— Veuillez excuser, Madame, dit-il, la liberté que je prends de me présenter à vous : ingénieur Fontanio, fils d'un industriel de Rio qui s'est trouvé en rapports fréquents avec M. de Nurène...

— Pour la construction de la voie ferrée ? Je m'en souviens en effet, Monsieur...

— Et qui en a conservé, je suis heureux de l'ajouter, Madame, le souvenir le plus sympathique. Mais ce n'est pas seulement à ce titre que je me permets cette démarche : j'ai tenu à saluer la mère du jeune homme qui m'a sauvé d'un grand péril sinon d'une mort certaine en mer.

— C'était vous, Monsieur...

— Oui, c'était moi qui me noyait au large d'Hyères sans sa prompte et courageuse intervention... Je me suis reproché — et serais désolé qu'il m'en voulût — de n'être pas allé lui faire à votre villa du Lavandou la visite que m'imposaient plus que les convenances, la gratitude. Une crainte m'a retenu... celle de m'y rencontrer avec certaine personne que j'avais aperçue à Porquerolles en votre compagnie.

Juana, aussitôt, soupçonna Delmonte ; mais elle s'abstint de toute question.

— Je veux parler de M. Delmonte, poursuivit de lui-même le Brésilien. Nous connaissions l'ancien agent d'affaires et comme bien d'autres, avons eu recours à ses services. Mais nous avons failli être victimes d'une escroquerie de cet homme, et de ce jour, sa vie assez mystérieuse donnant lieu par ailleurs à de graves suppositions, nous avons rompu avec lui toutes relations. Vous concevez, Madame, que je n'aie pas voulu m'exposer à un contact irritant... Ce n'est pas tout. Nous l'entendîmes scandaleusement se réjouir un soir, au Club de Rio, des sabotages du pont et du tunnel construits par votre mari. Il était évident qu'il haïssait M. de Nurène. Aussi n'est-ce pas, veuillez le croire, par esprit de médisance mais dans une pensée de reconnaissance à votre fils que je lui ai dit à Porquerolles comme j'estime de mon devoir de vous le dire à vous-même, Madame : Méfiez-vous de Delmonte.

— Il est mort, Monsieur... fit la comtesse quelque peu troublée.

— Ah !... Je l'ignorais, Madame, ayant quitté la France peu après mon inoubliable promenade aux Iles d'Or. Puisse Dieu, si tant est qu'il y ait songé à sa dernière heure, l'absoudre du mal qu'il a fait... et qu'on ignore !

... Et qu'on ignore !... Peut-être en savait-il et allait-il en dire plus long à Mme de Nurène, mais à ce moment retentit la sonnerie du déjeuner, et tous deux se mêlèrent à l'exode des passagers vers l'échelle du restaurant.

Après le repas, Juana légèrement lasse, s'étendit sur sa couchette, et dans le silence de sa cabine, sous l'impression encore de la confidence du Brésilien et se remémorant les sensationnelles révélations du criminel lui-même au Lavandou, elle songeait tristement à l'horrible existence qu'avait été celle de Delmonte, quand surgit devant ses yeux tout-à-coup la vision d'Inès.

Souriant alors de loin à la charmante jeune femme qui rendait si heureux son Henry :

— Béni soit le ciel, murmura-t-elle, que la pauvre enfant ait hérité de la droiture, de la douceur et de la bonté de sa mère !

Des vibrations du navire la tirèrent bientôt de ses réflexions.

On « balançait » les machines.

Elle remonta sur le pont et passait devant la chambre du commandant, lorsqu'elle l'entendit qui, à haute voix — intentionnellement sans doute — et sur un ton de mauvaise humeur à peine déguisée disait à son second debout près de la porte grand'ouverte :

— Pour un peu, je les laissais à terre ; ils l'auraient bien mérité.

— Ils auront été victimes d'un retard du train de

banlieue ou d'une panne d'auto, hasarda l'officier dont la figure respirait une indulgente bonté.

— Quand on se sait assujetti au très proche départ d'un paquebot, on ne file pas en excursion à des lieues et des lieues du port.

— Tout s'explique, se dit la comtesse à la vue d'une embarcation qui se hâtait vers le bord chargée de passagers faisant des signaux désespérés : ils avaient aperçu le remoux écumeux des hélices et craignaient que le navire ne se mît en marche.

Leurs appels de détresse eurent le don de dérider le commandant qui, sitôt embarquée la « canotée », souriant dans sa moustache, donna l'ordre d'appareillage.

Juana demeura sur le pont, encore que la descente du Tage ne l'attirât guère. Elle y revécut avec mélancolie les heureux moments passés à contempler, jeune mariée, au bras de Lannunez, à leur retour d'Europe, les lumineux paysages riverains. Le souvenir lui revint aussi des affreux lendemains de leur voyage de noce et encore — et toujours — de la mystérieuse fin du banquier, et son cœur se serra.

La traversée de l'Atlantique s'effectua par beau temps d'abord et mer plutôt calme. Mais peu de temps après avoir quitté Dakar, on était assailli par un coup de vent d'une violence inouie.

Les vagues, au choc de l'étrave, s'élevaient en colonnes monstrueuses, puis se divisaient, couraient en grondant le long du bord ou s'épanouissaient en embruns sur le pont et les superstructures.

Les machines soufflaient.

Le bâtiment craquait, gémissait de toutes ses membrures. L'avant s'enfouissait dans le creux des énormes lames et les hélices affolées, trépidantes, battaient leurs ailes hors de l'eau. Puis il se dressait vers le ciel, la volute passait, et de nouveau, il plongeait pour se relever devant une autre muraille liquide.

Cependant, on luttait avec calme contre les éléments déchaînés ; mais que de volonté tendue, chez le marin, en ces longues heures malgré tout impressionnantes !... et chez les passagers, que de malaises, que d'appréhensions ! et combien — même parmi les plus courageux — jetaient, par besoin de se rassurer, un coup d'œil aux embarcations de sauvetage fortement « saisies » dans leur berceau, sachant celles-ci spécialement construites en vue de tenir au mieux la mer et pourvues non seulement de la voilure indispensable, mais de provisions de bouche pour quelques jours !

La tempête ne s'apaisa qu'aux approches de la côte brésilienne. Mais le paquebot en subit un retard appréciable. Attendu dans la matinée, il n'entra en baie de Rio qu'à une heure avancée de la nuit, et les passagers ne purent débarquer que le lendemain

XXIII

La comtesse quitta le bord de très bonne heure et se fit conduire directement au train.

Vers la fin de l'après-midi, elle arrivait à Santos.

Ni son père ni sa mère ne l'y attendaient. Un pressentiment l'angoissa.

Elle sortit de la gare, inquiète.

Antonio, l'homme de confiance de ses parents s'empressa au devant d'elle.

— Mon père ?... s'informa-t-elle aussitôt

Et en présence de la figure désolée du paysan :

— Mon père est mort ?... ajouta-t-elle d'une voix tremblante.

— Oui, Madame... Il y a quelques jours seulement, son âme est retournée au bon Dieu, comme a dit Monsieur le Curé à son chevet. On n'a pas pu vous avertir.

De saisissement et de douleur, Juana fondit en larmes.

— Et ma pauvre maman ? questionna-t-elle entre deux sanglots.

— Courageuse — comme toujours, Madame — dans son grand malheur.

— Vite, Antonio, à la maison ! Vite ! Vous reviendrez prendre les bagages plus tard.

Et la carriole — la même vieille carriole d'autrefois, mais attelée d'une mule vigoureuse — de dévaler à toute allure vers le village.

Mme Torreno redoutant la violente émotion de la rencontre, avait attendu sa fille à la ferme.

Elles se jetèrent dans les bras l'une de l'autre en pleurant.

Mme Torreno était de petite taille, mince de corps droite comme le peuplier de son jardin, alerte et vive malgré son grand âge.

Sur son visage couraient bien quelques rides et sa tête n'était auréolée que de cheveux blancs, mais son teint fleuri, l'éclat de ses yeux, sa démarche surtout, démentaient ses soixante-cinq ans bien sonnés pourtant.

Sans avoir jamais été coquette, elle n'avait cessé de prendre soin de sa personne, simplement mais toujours proprement vêtue même aux champs où, dès que la laissaient libre le ménage et la basse-cour, elle savait se rendre utile.

Avisée et pleine de bon sens — femme de tête, qui plus est — elle avait été pour son mari, en même temps que la plus dévouée des compagnes, la plus précieuse des collaboratrices. Elle connaissait bien la propriété et y était profondément attachée.

— Je veux la garder, dit-elle à sa fille ; ton père l'aimait tant et nous y avons passé tant d'heureuses années ensemble ! Avec l'aide de notre fidèle Antonio, je ne la laisserai pas péricliter. Mais ce n'est pas seulement de mon cœur que j'ai pris conseil. Abandonner les occupations de toute ma vie et m'effondrer dans l'inaction alors que je me sens vaillante encore, ce serait ma mort — ma mort prochaine...

— Vous resterez à la ferme, maman chérie, et je vais y habiter quelques mois avec vous.

— A la ferme, toi ! Mais notre maison ne convient plus à la grande dame que tu es devenue, habituée aux appartements luxueux. C'est bien humble, ici, pour toi, ma fille.

— N'insiste pas, je t'en prie, répliqua Juana très affectueusement. Je ne veux pas te quitter... sauf deux ou trois journées pour mes commissions à Rio... demain, par exemple, pour y commander mon deuil.

La ferme ! Telle qu'elle l'avait laissée il y avait longtemps, bien longtemps déjà, telle elle était demeurée, sans un embellissement, sans un agrandissement, sans le moindre aménagement qui la rendit plus confortable.

Toujours, par contre, régnait à l'intérieur l'irréprochable propreté qu'avait connue Juana ; toujours sa mère y avait veillé personnellement.

Quant à sa petite chambre témoin de ses chagrins d'enfant, de ses déceptions et aussi de sa joie de s'évader par le mariage de la vie des champs qu'elle abhorrait, elle était constamment restée inoccupée. Rien n'y avait été changé de place. Elle y retrouva non sans émotion au gîte dans les mêmes coins tous ses souvenirs des jeunes années.

Le jardin, dont ses parents, à sa sortie de pension, l'avaient plus particulièrement chargée, avait été bien délaissé. A la culture des légumes — d'un rapport plus avantageux — avait été sacrifiée celle des fleurs. Plus de ces alignements à perte de vue d'œillets, de giroflées, de jacinthes, de narcisses dont elle cueillait des brassées qu'elle liait en gerbes pour la vente au marché local ou disposait dans des corbeilles pour l'expédition. Il n'y avait plus à lui souhaiter la bienvenue que les roses qui avaient continué à déborder à flots blancs et jaunes du mur de clôture.

Le verger du moins avait gardé toute sa beauté d'antan. Que d'ailes en mouvement toujours autour des arbres fruitiers en pleine floraison ! Ce n'étaient partout que vols d'étincelants papillons et bourdonnements d'abeilles.

Elle s'assit un moment parmi les massifs d'orangers sur le banc où un livre ouvert sous les yeux et son chien, son bon chien Fido, couché à ses pieds, elle s'oubliait jadis à rêver, puis sortit par la petite porte donnant sur la plaine.

Tout y était florissant. Tout avait donc souri à son pauvre père jusqu'à ses derniers jours.

Elle poussa plus loin. Mais parvenue au ruisseau sur le bord duquel l'avait un matin rencontrée Lannunez, se sentant assaillie de ressouvenances affreuses, elle revint brusquement sur ses pas et rentra par le village.

Les habitants la connaissaient tous. Nullement distante, elle répondit gracieusement aux saluts des hommes et s'arrêta spontanément à causer avec quelques femmes moins jalouses, lui avait-il paru, que fières de leur compatriote.

Tant de sympathies lui allèrent au cœur. Elle n'en demeurait pas moins profondément triste : la pensée de Lannunez qui venait de se raviver plus cuisante, s'était emparée de son esprit et ne la quittait plus.

Le lendemain, elle était à Rio.

Contrairement à ses habitudes — aux habitudes des dames, pourrait-on dire — elle ne s'attarda pas chez sa couturière et prit, tout angoissée, le chemin du cimetière.

Ses jambes la soutenaient à peine quand elle pénétra dans la silencieuse enceinte. Lentement elle se dirigea vers la tombe du banquier, elle s'y agenouilla et après une longue, émouvante et apaisante prière, elle se hâta dans la direction de la gare.

XXIV

Sur la fin de l'après-midi, elle était de retour à la ferme.

Jamais, depuis ses cruelles épreuves, elle ne s'était sentie plus calme que dans cette retraite champêtre.

La forêt toute proche, quand elle ne tenait pas compagnie à sa mère, l'attirait.

L'être sensible se réfugie comme d'instinct dans la solitude pour y cacher ses peines, ses soucis. Le gazouillis des bocages, le babil des ruisseaux bercent ses tristes songeries. Il se laisse aller au charme de l'ambiance tranquille et douce, et son âme peu à peu se rassérène.

Telles étaient les salutaires impressions que toujours rapportait Juana de ses promenades au bois.

L'église avait aussi ses visites fréquentes. Elle aimait le recueillement du saint lieu. Elle y disait et redisait au ciel son repentir.

Un matin qu'elle y assistait à la messe, une lame de lumière filtrée par les vitraux étant venue l'effleurer, il lui sembla que « Dieu laissait tomber sur elle un rayon de sa miséricorde ».

Et sous la hantise réconfortante de cette heureuse pensée elle s'en retournait presque souriante, lorsque devant elle, à un tournant de la route, elle aperçut un homme qui allait s'engager dans l'avenue de la ferme.

Au même instant — on sait qu'il existe de ces affinités secrètes, parfois étranges — l'inconnu se retourna et ses regards allèrent droit à la personne qui le sollicitait de sa curiosité inquiète.

Il reconnut la comtesse et revenant sur ses pas, s'avança, quelque peu gêné, à sa rencontre.

C'était Pedro.

Elle ne put réprimer un frisson.

— Lui ici ! Que me veut-il ? se demanda-t-elle, toute pâle de se trouver seule en pleine campagne avec l'ancien forçat.

Mais dès que celui-ci se fut rapproché, son attitude humble et timide la rassura.

Il ôta son feutre — un feutre râpé, aux larges ailes — et demeura un moment incliné devant elle.

Elle ne l'avait plus revu depuis vingt ans. Son visage émacié où couraient quelques rides et son teint blafard la frappèrent. De ses yeux caves ne jaillissait plus la flamme d'autrefois. Il était déprimé et semblait oppressé.

Elle ne vit plus alors en lui le malfaiteur mais l'être qui souffre, et prise de pitié, toute prête à le secourir encore, après avoir répondu sans amertume à son salut.

— Relèveriez-vous de quelque grave maladie, Pedro ? questionna-t-elle d'une voix douce.

Le colporteur — il l'était redevenu, bien que n'ayant pas ce jour-là sur lui l'ordinaire attirail — esquissa un sourire navré.

— Tout se paye ici-bas, Madame, soupira-t-il. Je sors en effet de l'hôpital...

— De l'hôpital de Santos ?

— Non, de Rio où je suis revenu...

Revenu !... Il fit une courte pause, craignant d'avoir laissé échapper un mot malencontreux. Et à la dérobée, il scruta le visage de la comtesse.

Mais Juana qui savait à quoi s'en tenir sur son séjour en France ne parut pas y avoir pris garde.

Pedro était en effet retourné au Brésil peu après la mort de Delmonte.

Il avait lu dans un journal, au bar qu'il fréquentait à Marseille, le récit de l'accident dont avait été victime M. de Nurène. Le fait en lui-même et la personnalité de l'ingénieur avait tout naturellement retenu l'attention de la presse régionale.

— Voilà une coïncidence qui m'est des plus favorables, avait-il aussitôt songé ; Delmonte qui m'eût fait chèrement payer ma défection s'il l'avait éventée, aura certainement soupçonné quelque ruse de Pedro... et ce ne sera pas moi qui le détromperai, avait-il ajouté en se frottant les mains de jubilation, quand il viendra me remercier...

Mais, contrairement à son attente, deux, trois mois s'étaient écoulés sans que Delmonte lui eût donné signe de vie.

Il avait alors décidé de l'aller trouver dans les discrètes conditions habituelles au Lavandou ; et quelle ne fut pas sa surprise d'apprendre la fin tragique de son compagnon noyé dans un puits abandonné, au fond d'un bois !

La nouvelle également relatée dans les journaux, lui en était passée inaperçue. Elle l'affecta plus vivement qu'il ne l'eût pensé ; une larme même, si peu sensible qu'il fût, lui en était venue aux yeux, tant il avait gardé vivace le souvenir des souffrances ensemble endurées du long emprisonnement sous le rude climat des Guyanes.

Entre temps il avait été lui-même un soir, dans son dangereux quartier, l'objet d'une violente agression. Un malandrin s'était jeté sur lui à l'improviste, et ne pouvant réussir à le terrasser, allait jouer du couteau quand la subite apparition de gardiens de nuit le fit détaler à toutes jambes ; mais il lui avait crié qu'ils « se retrouveraient ».

A la tournure et même à la voix de l'assaillant, Pedro avait reconnu le jeune voleur qu'il avait arrêté dans une venelle et remis à la police.

Il en était depuis lors resté sous une impression de

méfiance inquiète, de crainte même, se sentant en butte à une implacable haine impatiente de s'assouvir :

— Ma vie en est empoisonnée, s'était-il dit... Mais, je n'ai que faire maintenant de demeurer en France... J'y avais suivi Delmonte par dévouement ; il n'est plus...

Et il était revenu à Rio-de-Janeiro.

Comment avait-il eu la bonne fortune d'y rencontrer la comtesse ?... il le lui raconta :

— J'errais par les rues de Rio en quête d'acheteurs comme de coutume, lorsque le hasard, Madame me fit vous apercevoir. Je dus me faire violence pour ne pas me précipiter aussitôt vers vous. Mais je vous suivis... je vous suivis jusqu'à la gare où près de vous, dans la foule des voyageurs qui encombraient le guichet, le rebord de mon vaste chapeau rabattu sur le front, je vous entendis demander votre billet pour Santos, j'étais fixé : j'irai à Santos ! me dis-je, ne voulant pas perdre l'occasion unique peut-être de solliciter...

— Votre pardon ? coupa la comtesse d'un ton sec.

— Je vois, Madame — et je m'en suis toujours douté — que vous m'imputez la mort de votre premier mari. Je vous conjure de me croire, j'y suis tout-à-fait étranger... Oh ! je devine votre pensée : un criminel ne va pas se dénoncer. Eh bien, Madame, un vénérable prêtre en pourrait témoigner... Je lui demanderai de vous répéter ce que je lui ai confié...

Juana tressaillit de surprise — nous allions ajouter : et de joie. Pedro lui avait paru sincère.

— Le premier indice de redressement moral est presque toujours un élan de franchise, se dit-elle.

Avec cependant un reste de méfiance mais d'un accent radouci, et le regardant bien en face, elle questionna :

— Un prêtre, disiez-vous ?...

— Oui, Madame... Vous en semblez étonnée ?... Alors que la maladie me clouait sur mon lit d'hôpital, l'aumônier me venait voir. Par sa grande bonté, par sa douceur, par de réconfortantes paroles il m'a remué l'âme. Il a su réveiller en moi les bons sentiments que je tenais d'excellents parents et que j'avais reniés, étouffés. Il m'a relevé à mes propres yeux. Il m'a remis dans la droite voie.

— Je vous en complimente bien sincèrement, Pedro... Mais pourquoi donc, demanda-t-elle, revenant au sensationnel aveu du colporteur, pourquoi vous êtes-vous ainsi esquivé — et pour ne plus reparaître — du jour de la mort de M. Lannunez ?

— C'est le reproche que je n'ai cessé depuis, Madame, de m'adresser. Mon excuse est que j'ai craint que soupçonné par vous — et je devais l'être hélas ! — vous n'eussiez en horreur de moi donné l'ordre à vos gens de me chasser si j'osais me présenter à la villa. L'humiliation n'eût pas été seulement cruelle pour le malheureux qui vous avait voué une si profonde reconnaissance. Elle pouvait en outre causer le grave ennui d'attirer l'attention de la Justice — sujette, elle aussi, à des erreurs — sur le pauvre hère qui, le jour de l'accident, avait été aperçu dans les proches alentours et qu'on eût peut-être, sans ménagement, jeté en prison comme un vulgaire vagabond... C'est de mon apparente ingratitude que je suis venu vous demander pardon, car j'ai gardé vivace au fond du cœur, veuillez le croire, Madame, le souvenir de vos bontés...

Mme Torreno venant à ce moment au-devant de sa fille, coupa court à l'entretien.

Juana eut cependant le temps de dire rapidement et tout bas :

— Oublions, Pedro, ces tristes heures du passé...

et merci de votre attention... Allez... Je prierai bien pour vous.

— Il n'a donc pas tué Lannunez ! se murmura-t-elle en le regardant s'éloigner. Le ciel en soit béni !

— Quel est donc cet homme qui t'a retenue si longtemps sur le chemin ? lui demanda sa mère. Il n'est pas d'ici. C'est un chemineau sans doute qui a voulu t'apitoyer sur son sort ?

— Non, maman. C'est un ancien colporteur de la banlieue de Rio qui passait souvent devant notre villa.

— Il avait l'air bien ému en te quittant. Aurais-tu été généreuse au point de l'attendrir ?

— Non ; mais j'ai eu occasion de le secourir un jour qu'il avait été sérieusement blessé sur la grand'-route, et il m'en est demeuré très reconnaissant.

Juana fit alors le récit de l'accident d'automobile dont Pedro jadis avait été victime, et des soins qu'elle lui avait fait donner chez elle — sans plus.

— Il m'a paru bien fatigué, reprit l'excellente femme. Tu ne lui as pas proposé de s'arrêter à la maison ?

— Je n'y ai pas songé, c'est vrai... Pedro ! héla aussitôt Juana.

Il revint sur ses pas.

Elle alla vers lui :

Il était encore à portée de la voix.

— Venez donc vous reposer un instant.

— Vous êtes toujours aussi bonne, Madame... Excusez-moi. Je craindrais de laisser partir le train.

Au fond, il ne se souciait pas de se trouver en présence de Mme Torreno dont il prévoyait des questions peut-être embarrassantes.

Et lentement il se remit en marche vers la gare de Santos.

Prenant alors le bras de sa mère, Juana, l'âme

allégée des scrupules qui l'avaient étreinte si longtemps, rentra d'un pas allègre à la ferme.

XXV

Une lettre l'y attendait. Elle était d'Henry. Vite elle en fit sauter le cachet.

« Ko-kély-ko, 25 décembre 19...

« Jouez, hautbois, résonnez musettes » s'il en existe encore dans votre village de là-bas).

Hier — remarquez bien la date, ma chère maman — un peu avant minuit, la porte-fenêtre de notre chambre s'ouvrit discrètement, et des mains mystérieuses glissèrent entre les battants un amour de moïse où s'agitait dans ses langes éclatantes de blancheur un amour de bébé rose... C'était notre petit Emmanuel que nous apportait par une voie plus élégante que la cheminée l'aimable père Noël.

Le bel hymne de grâce qui jaillit alors de nos cœurs ! Tu devines si nous avons fait fête au chérubin...

Mais la nuit était froide. Vite nous l'avons approché du foyer, et tandis qu'il étirait ses petits bras, ses petites jambes, les yeux clignotants écarquillés, devant la flamme pétillante, nous le dévorions de baisers.

Tu viendras bientôt lui prodiguer aussi tes caresses, n'est-ce pas, heureuse grand'mère ? L'heureux père — ne crains rien — n'en sera pas jaloux.

Inès est, comme moi, dans le ravissement. Je vois, du bureau où je t'écris, la petite maman qui fait mille joies au mignon dans son berceau et recherche — déjà ! — ses risettes...

Je te quitte pour les contempler tous deux de plus près.

A ma prochaine lettre les détails

Mille tendresses de tes enfants et en particulier de ton

HENRY.

...Et la grand'mère, quelques jours après, se rembarquait pour la France, des rides de moins au cœur, souriant de loin au cher petit ange.

Elle retrouva Henry et Inès aussi affectueux et en extase devant le nouveau-né ; et quand on lui eut mis dans les bras son petit-fils, d'irrésistibles larmes, des larmes de joie et d'attendrissement, lui baignèrent le visage.

— Et Edmond. Où est-il, demanda-t-elle ensuite.

— Il vient d'entrer en religion.

— En religion !

— Oui ; la vocation lui en serait venue au cours de ses campagnes où il communiait chaque jour, nous a-t-il dit, avec Dieu en face de la mer et du ciel infinis... Je t'apprendrai en outre qu'il nous a ménagé, à son départ pour le Couvent, une agréable surprise : il a fait donation à notre petit Emmanuel — son filleul — de la moitié de ses terres... il nous aime bien...

— Et il s'est aperçu, mère, ajouta Inès d'un air enjoué et d'importance à la fois, que nous étions devenus sérieux... Henry surtout...

— Le fait est que j'ai pris goût à l'agriculture et que je m'occupe avec le plus grand intérêt du domaine.

— Bon et généreux Edmond, pensa Juana, ne saurait avoir de haine au cœur.

Et elle se promit d'aller vers lui.

A quelques jours de là s'organisait dans la paroisse un pèlerinage à la Sainte-Baume.

Elle suivit, sur la montagne sacrée, les exercices pieux de la journée ; mais au lieu de rentrer au Lavandou le soir avec ses compagnons de route, elle resta passer la nuit à l'Hôtellerie bien connue.

Elle se réveilla dès l'aube au chant des milliers

d'oiseaux d'alentour, désireuse de faire à nouveau l'ascension à la Grotte de Sainte-Madeleine.

Elle s'habilla à la hâte et s'aventura seule vers le sentier montueux de la forêt.

A ses yeux ravis s'offrit alors toute la gamme des merveilles de ce coin de nature enchanté : après l'harmonieuse plaine émaillée de lavande, le sous-bois touffu tapissé de bruyères et de fleurs sauvages ; et, comme fond de tableau, des rochers en muraille gigantesque.

Elle se retrouva bientôt en pleine lumière devant les escaliers de la Grotte.

Elle en gravit, doucement émue, la pittoresque rampe et venait d'atteindre la terrasse quand elle vit sortir du sanctuaire un Dominicain.

— Edmond... Je vous croyais à Saint-Maximin et pensais sonner cette après-midi, à mon retour, à la porte de votre Couvent.

— Vous désiriez me voir ?...

— Oui, Edmond, et le plus tôt possible pour solliciter de vous l'oubli de mon injuste attitude... je vous ai tant fait souffrir, enfant, surtout de ma jalousie de mère...

— Votre confidence à Pascal a tout racheté, lui répondit avec une infinie douceur dans la voix le jeune religieux...

Et lui prenant affectueusement la main, il l'accompagna au seuil de la chapelle.

FIN

M.-E. BIRON.

Imprimerie HIRT et Cie, 53, rue des Moissons - REIMS

Pour paraître le 15 Février 1930

le N° 155 de Foyer-Romans

La Route Perdue

par R. M. GOURAUD D'ABLANCOURT

PREMIERE PARTIE

UNE FETE AU VAL D'OMBRE

— Bonjour, Colonel, charmé de vous retrouver à cette jolie réunion en ce château enfin rouvert ! J'avais vu dans le journal votre nomination dans un régiment de l'Est.

— Oui, c'est une vraie chance de vous revoir ici, cher Monsieur. Je ne l'espérais pas. Vous habitez dans le rayon ?

— Il y a des siècles que les Runkerque — dont hélas, je suis le dernier — vivent dans leur vieux manoir planté sur la rive belge de la Semois où il se mire. Regardez l'autre bord en face, quand le vent écarte les branches des hauts peupliers, on peut entrevoir mes tours grises.

— C'est un site ravissant. Alors vous n'avez qu'à passer la rivière pour être ici.

— Oui. La rivière n'est pas toujours facile à traverser, mais j'aime cela. Je crois, mon ami, que nous sommes les premiers arrivés au Val d'Ombre.

— Non, j'aperçois des automobiles dans l'avenue.

— Vous êtes venu à pied, par la traverse ?

— J'ai profité de cette magnifique après-midi de printemps. Je marchais sur un tapis de mousse parsemé de fleurettes blanches.

— Toujours poète !

— Oh non ! nous avons beaucoup de travail en ce moment. L'avenir est sombre.

— Depuis ma lointaine enfance j'entends des menaces de ce genre, je n'y crois plus. Avançons si vous le voulez bien, nous allons traverser le parc, il est grand, c'est long. J'attache mon bateau.

(A Suivre).

www.ingramcontent.com/pod-product-compliance
Ingram Content Group UK Ltd.
Pitfield, Milton Keynes, MK11 3LW, UK
UKHW031853260826
14628UKWH00002B/743

9 782329 208725